光文社文庫

長編時代小説

雁の宿

隅田川御用帳(一)

藤原緋沙子

光　文　社

※本書は、二〇〇二年十二月に
廣済堂文庫より刊行された
『雁の宿　隅田川御用帳〈一〉』を、
文字を大きくしたうえで、
さらに著者が大幅に加筆したものです。

目次

伝通院
小石川
白山
神明宮
中山道
駒込
水戸徳川家
春日町
水道橋
千駄木御林
駒込追分
加賀前田家
道灌山
本郷
霊雲寺
湯島聖堂
日暮里
湯島天神
不忍池
神田大明神
弁天
池之端仲町
妻恋坂
根岸
谷中本村
築山藩の上屋敷
東叡山寛永寺
下谷広小路
外神田
下谷金杉町
御徒町
下谷の御徒組屋敷
下谷山崎町
向柳原
三味線堀
広徳寺
幡随院
下谷竜泉寺町
千住大橋
阿部川町
新吉原
新堀川
日本堤
御蔵前片町
東本願寺
御米蔵
御蔵前通り
御蔵前
浅草寺
小塚原
浅草広小路
田原町
三間町
山谷町
諏訪町
新鳥越町
新鳥越橋
駒形町
御厩河岸之渡し
並木町
雷門
花川戸町
聖天町
山谷堀
浅草駒形堂
竹町之渡し
吾妻橋
今戸橋
今戸町
白鬚之渡し
隅田川
源森橋
竹屋之渡し
向島墨堤
中之郷瓦町
源森川
三囲稲荷
長命寺
木母寺
隅田村
北割下水
小梅村
須崎村
寺島村
恩寺橋
業平橋
小梅村
天神橋
押上村
十間川
亀戸天神

『隅田川御用帳』の世界
番町
半蔵御門
田安御門
西之御丸
虎之御門
外桜田御門
雉子橋御門
新シ橋
和田倉御門
江戸城
一橋御門
猿楽町
南町奉行所
幸橋
土橋
北町奉行所
富士見坂
神田橋御門
呉服橋御門
常盤橋御門
数寄屋橋
御門
←至高輪
汐留橋
濱御殿
竜閑橋
鍛冶町
昌平橋
平永町
水谷町
京橋
数寄屋町
今川橋
伊沢道場
築地の浴恩園
西本願寺
木挽町
日本橋
室町
岩本町
内神田
神田川
佐久間河岸
楓川
弾正橋
八丁堀
江戸橋
本船町
大伝馬町
小伝馬町
浜町堀
柳原通
中之橋
水谷町
組屋敷
八丁堀
佐内町
馬喰町
佐久間町
稲荷橋
日本橋川
両国広小路
同朋町
浅草橋
船松町
高橋
新川
一ノ橋
行徳河岸
栄橋
米沢町
佃島
霊岸島
二ノ橋
行徳川
浜町堀
十四郎の住む長屋
薬研堀
柳橋
石川島
永代橋
両国橋
隅田川
佐賀町
今川町
上之橋
万年橋
新大橋
一ツ目之橋
尾上町
元町
三ツ屋
万年町
六間堀
要津寺
松井町
相生町
回向院
御竹蔵
橘屋
慶光寺
常盤町
松井橋
二ツ目之橋
越中島
海辺橋
高橋
弥勒寺橋
仙台堀
深川
深川元町
小名木川
五間堀
蓬莱橋
富岡八幡宮
浄心寺
霊巌寺
本所
竪川
南割下水
亀久橋
雲光院
芝翫河岸
洲崎
木場
大川端
三ツ目之橋
三笠町
新高橋
入江町
横川
猿江橋
南辻橋
亀戸村
長崎橋
西
北
東
南
猿江町
御材木蔵
清水橋
横十間川
0
1km

雁の宿

隅田川御用帳（一）

第一話　裁きの宿

一

陽の光の中で賑《にぎ》わいをみせた江戸の街も、夜の帳《とばり》がおりると一転暗い闇に包まれる。

虚飾の輝きをみせる遊里の華やぎは別として、一日千両万両の商いがある隅田《すみだ》川《がわ》西岸の商人の街も、威厳を誇る武家屋敷の道筋も、いずれも人の行き来は絶え、しばし刻《とき》が止まったようだ。

しかしその一方で、夜の闇を待ち、蠢《うごめ》きだす人たちがいる。多くは仕事にあぶれ、親しい人との絆《きずな》を失い、あるいは世間の目を欺《あざむ》いて生きる、飢渇《きかつ》の中で漂流する者たちである。

江戸の街の光と影——隅田川沿いにはそれを象徴するかのごとく、日中には姿を見せなかった漂流者たちの店が夜になると点在する。

「……つまり、人殺しを手伝ってくれないか、お前の話はそういう事か」

塙《はなわ》十四郎《じゅうしろう》は、そういった店の一つ、回向院《えこういん》近くの『なん八《ぱち》屋』で、商人体の男から不逞《ふてい》な話を持ち掛けられた。

『なん八屋』は、酒は一合二十文《もん》だが肴《さかな》も飯もなんでも八文という安売りの店である。懐《ふところ》が寂しいのでつい入った店だったが、十四郎を浪人と値踏みしての話かと一瞬思った。

「そのように申されては、身も蓋《ふた》もございませんが……」

男はそう前置きすると、十四郎に寄せていた太った体の背をグイと伸ばし、再び体を寄せてくると声を潜めた。

実は自分が出入りしているさる藩が跡継ぎをめぐって二つに割れて攻防しており、自分は商人だが、そのうちの一方に与《くみ》している。

ところが、敵対する相手の派閥の首謀者がまもなく江戸に出てくるという知らせが入った。これを阻止するために腕の立つ浪人を集めている。相手が府内に入るまでに、水際で撃退するのが目的だと言うのであった。

「あちらも相当の遣い手を供に連れてくるようでございますから、誰にでもお願い出来るという仕事ではございません。実は私、先日偶然にあなたさまの凄まじい剣を拝見いたしまして……」

　男は、じっと十四郎を見た。

「あれは、小名木川《おなぎがわ》沿いでございましたかな」

　いかにも狡猾な笑みを浮かべて、懐から五両の金をそこに並べた。

「成功のあかつきには、二十五両お支払い致します。こう申してはなんでございますが、町の口入屋《くちいれや》ではけっしてありつけない仕事だと存じますが……」

　傲慢《ごうまん》な男だった。人の気持ちはそっちのけで金に物をいわせて仕事を押しつけてくる。聞いているうちに腹が立った。

「商人、あまり人を見くびらないほうがいい。仕事は断る。二度と俺の前に顔を見せるな」

　十四郎は一蹴《いっしゅう》して席を立ち、

「おやじ、酒代だ」

　まだ呑みかけの酒を置いたまま外に出た。

　場所が場所だけに、闇の話が密かに取引されているとは聞いていた。だが、自分がその対象者となった事への不快さは、たとえようもなく苦々しい。

それにしても、あの夜、まさかあの男が端無くも現場に居合わせていたなどと、少しも気付いていなかった。

十四郎は男が言った小名木川沿いでの一件を思い出した。

それは、さきおとといの夜のことだった。十四郎は口入屋から貰った仕事を終え、扇橋《おうぎばし》の南方、横川《よこがわ》沿いにある縄暖簾《なわのれん》で酒を呑み、飯を食った後、小名木川に出た。

刻限は夜の五ツ（八時）を過ぎており、大名屋敷が続く川沿いには、人の影さえ見えなかった。

十四郎は遠くに舫《もや》っている屋根舟のこぼれ灯を眺めながら、蒼《あお》い月の光を踏んで大川端《おおかわばた》へと足を向けた。

「やっ……」

前方に高橋《たかばし》を望んだ時、異変に気付いた。

橋の上を、対岸から足早に渡ってくる一行がまず目の端に飛び込んで来た。武家五、六人が網代《あじろ》の駕籠を警護しての忍びの道行きと察せられた。

ところが高橋の手前の袂《たもと》にも、蠢く黒い影を見たのである。その数、一人、二人……いや四、五人はいる。

黒い影は渡って来る駕籠の一行に目を凝《こ》らし、腰の物に手を掛けて、迫る一瞬を明らかに窺っている。闇の中に落とした体に、鋭い殺気が感じられた。

――いかん。襲撃だ。

十四郎が高橋目掛けて疾走を始めた時、駕籠が渡ってきた橋の後方北詰にも黒い影が現れて、猛然と駕籠の一行めがけて走ってきた。

「あいや暫《しばら》く！」

十四郎が叫ぶより早く、影は次々に抜刀し、駕籠に向かって斬り掛かった。月明かりで、影は覆面をした武士の集団だとすぐに分かった。

駕籠の供侍《ともざむらい》たちも一斉に抜刀して駕籠を庇《かば》うが、覆面をした集団の動きには寸刻遅れた。

覆面の賊たちが両側から交差するように走り抜けた時、供侍の二人が肩を斬られ、腕を斬られて蹲《うずくま》った。

「お覚悟！」

賊の一人が、覆面の下から、割れた声で言い放った。

「待て！」

再び駕籠に飛びかかろうとした賊の中に、走り込みながら十四郎の剣が舞った。

一閃、二閃、十四郎は鋭い刃を撥ね上げて、駕籠の一行を背にして立ちはだかった。

「闇討ちとは、卑怯《ひきょう》ではないか」

「どけ！　邪魔立てすると、お前も斬る」

叫んだ男の声には、苛立ちがあった。

「それはどうかな。斬れるものなら斬ってみろ」

「斬れ！　こやつも一緒に斬れ！」

賊の頭とおぼしき男が剣先で十四郎を指した。すると、刃が一斉に十四郎に向いた。

右手に二人、左に一人、そして前面に三人の合計六人……と十四郎が読んだ時、左右から上段に振りかざした賊が飛び込んで来た。

「推参《すいさん》！」

十四郎は腰を落とすや、右の賊の剣を飛ばし、返す刀で左から撃ってきた賊の刃を撥ね返した。

すかさず正面から鋭い剣が振り下ろされた。刹那《せつな》、その剣を躱《かわ》し、すぐさま賊の脇腹を横一文字に薙《な》いだ。

ぐうっという声と共に、賊は腹を押さえ丸太棒のように落ちた。

体勢を整えて再び駕籠を背に立った時、覆面の男たちに動揺が走るのが見えた。

今度は十四郎が動きを起こした。

踏み込んで右の賊にひと太刀浴びせると、反転して追撃してきた男の振り下ろした太刀を受け、同時に左手で小刀を抜いて、その男の腹を突いた。

十四郎が次の動きに移った時、男は音をたてて背後に落ちた。

賊の動きがまた止まった。

その隙を見て、十四郎は橋の片隅で立ち往生していた駕籠の供侍たちに呼び掛けた。

「早くお行きなさい。早く」

「かたじけない。せめてお名前を」

供侍の一人が聞いた。

「見ての通りの素浪人、気にされるな、さあ……」

「御免」

供侍たちは駕籠を背後に庇いながら大川端に向かって走る。

「待て！」

賊の一人が、十四郎の視線を振り切り追っ手を掛けた。瞬息《しゅんそく》、斜め後ろから
十四郎の刃がその賊の腕を薙いだ。

腕は、手に刀の柄を握り締めたまま、橋の上を転がって川面に落ちた。

十四郎はすぐさま正眼《せいがん》に構え、賊の行く手を遮《さえぎ》った。

「引かぬと、揃って討ち死にとなるが、よいな」

十四郎の剣が月夜に光った。

「ひ、引け！」

覆面の男たちは、橋の上を西詰に向かって走り、やがて薄闇の中に消えた。

その間、どれほどの時間があったのか。

あの商人はそれを見ていたといって、安直にこの俺に誘いをかけてきた。

――ふむ……。

十四郎は苦笑して懐に手を差し入れた。

せっかくの楽しみをふいにされたが、まだ一杯や二杯の酒代は残っている。

前方にみえる屋台の灯の色を見て、十四郎は足を早めた。

二

「塙様、起きて下さいまし、塙様」

両隣はおろか長屋中に聞こえるような胴張《どうば》り声が、十四郎の耳元に落ちた。

片目を開けると、大家の八兵衛《はちべえ》が寸胴《ずんどう》な腰に手を当てて見下ろしていた。

「なんだ……八兵衛じゃないか。朝っぱらから、その、なんだ……調子っぱずれの声、やめてくれぬか」

「これは地声でございます。それに、お天道様はとっくに頭の上を過ぎております。それなのにまあ、こんな上がり框《かまち》なんぞに転がって……まさか夜具《やぐ》まで質に入れたんじゃないでしょうね」

言われてみれば、十四郎は刀を帯びたまま、しかも板間でひっくりかえっていたようだ。

「やっ、これは。ちと過ぎたようだな」

さすがの十四郎もきまりが悪く、起き上がって頭を掻いた。

「まったく、来る日も来る日も。お酒もほどほどになさいませ」

だ。


「何かあったのか」

「お客様がお見えですよ」

「俺に？」

「はい、あなた様にでございます。じゃなかったら、わざわざ起こしになんぞ参りません。そりゃあ家賃を払って下さるというのであれば別ですが」

八兵衛はここぞとばかりにチクリと刺して、そして表に向かってどうぞと呼んだ。

すると、三十五、六かと思われる番頭風の男が現れ、八兵衛に腰を折って礼を言うと、改まって十四郎の前に立った。

「実は、私は深川《ふかがわ》の『橘《たちばな》屋』の者で藤七《とうしち》と申しますが、折り入って私どもの主《あるじ》があなた様にお願いしたい事があると申しておりまして」

「橘屋？……聞いた事がない。人違いじゃないのか」

「いいえ。塙十四郎様にお願いしたい事があると申しております。ご足労をおかけしますが、今夜にでもお出かけ願えませんでしょうか」

「用件はなんだ？」

ふと昨夜の、あの得体のしれない商人が頭をよぎった。

「それは主の方からお話し致します」

「そりゃそうですよ、塙様。このお方はお使いなんですからね。勿体《もったい》ぶらずに素直にお出かけ下さいませ。霞《かすみ》を食べては生きてはいけませんよ」

八兵衛は小憎ったらしい事をいい、塙様は必ず参られますのでよろしくなどと、揉み手までして藤七に頭を下げたのであった。

確かに八兵衛の言う通り、いかがわしい仕事でなければ、人足仕事でも用心棒でも、仕事にありつければ有り難い。


十四郎は陽が西に傾くのを待って、裏店を出て両国橋《りょうごく》を渡り、隅田川べりを川下に歩いていった。

心なしか暖かい。

川辺に植えられた桜の木を仰ぎ見ると、川面に向かって伸びた枝のそこここに蕾《つぼみ》の膨らんでいるのが見えた。

あれは、十四郎が二十三歳になったばかりの頃だった。定府《じょうふ》勤めの父が病気になり、家督《かとく》を継いだばかりの十四郎が、足も腰も動かせなくなった父を大八車《だいはちぐるま》に乗せて、この隅田川に桜見物にきた事があった。

父子が一緒に見た最初で最後の桜だったが、あの時父は、出仕《しゅっし》心得ともいうべき箇条書きを十四郎に渡し、母を頼むと言った。

常日頃、妻子の事など忘れたかのように仕事にばかり精を出していた父が、最期に願っていたのは、母の行く末の幸せだった。

あの時、十四郎は初めて夫婦の絆を知らされた。父はなぜ母にもっと優しい言葉をかけてやれないのかと反発した事もあったが、あの折の父の最期の言葉を知る限り、あれはあれで精一杯母を思いやっていたのだと、込み上げるものを呑み込んだ事を今でも鮮明に覚えている。

父は、桜の花が散る頃に死んだ。母も一年後に、後を追うように亡くなった。十四郎にとって花見の頃は、巡りくるたびに父を想い、母を想う、鎮魂の季節となっている。

行き交う人の様々な表情に己の人生を比べ置きながら、新大橋《しんおおはし》を過ぎ、万年橋《まんねん》を渡り、上ノ橋《かみはし》を渡ったところで左に折れ、幾多の宗派の寺院が連なる万年町まで一気に歩いた。

藤七とやらが言っていた橋屋は門前通りにある寺宿だった。

通りの前には三間ほどの堀が抜け、その堀にかかる石橋を渡れば『慶光寺《けいこうじ》』の御門である。

　つまり橘屋は慶光寺の門前に建っていた。

　橘屋の両隣にも、遠方からやってくる参拝者や物見遊山の者たちのための宿が建ち、土産物屋や甘酒屋なども軒を連ねているのだが、橘屋の造りは繊細で優美な格子戸張の、一際目立つ二階屋だった。

　濃紺の暖簾には『御用宿橘屋』と白く染め抜かれていた。

　十四郎は酒の匂いが染み付いていないかどうか着物の袖を嗅ぎ、今一度確かめた後、おとないを入れた。

「これはこれは、お待ち致しておりました。どうぞお上がり下さいませ」

　磨き抜かれた板間の奥の帳場から、藤七がわざわざ立って出てきて、出迎えた。

　案内されて廊下を渡ると、そこには圧倒されるばかりの庭園が広がっていた。

　通された奥座敷の内庭にも、白砂に前栽《せんざい》を置き、澄み切った水の流れを配した心憎いばかりの気配りが見えた。

　畳も青く、床には白梅の一枝が活《い》けてある。

　落ち着かない心地で座っていると、茶が運ばれてきてまもなく、

「主が参りました」

藤七が廊下に膝を折って座ると十四郎に告げた。

「うむ」

体を伸ばして、廊下に顔を向けた十四郎は息を呑んだ。

そこには、紅藤《べにふじ》色の着物を着た妙齢の女が、夕映えを背に立っていた。女はちらりと口元に笑みを見せ、するりと入ってきて十四郎の前に座った。

その立ち居といい、顔形といい、女の体からは凜《りん》とした色気が匂いたち、部屋の空気は一変した。

「私がこの宿の主で、登勢《とせ》と申します。どうぞお見知りおき下さいませ」

女は腰を深く折って手をついた。声には艶《つや》があり、言葉の節回しに上方《かみがた》なまりが残っていた。

十四郎は、思わず膝を直して言った。

「これは……塙十四郎でござる」

「突然にこの藤七がお訪ねを申しまして失礼を致しました」

お登勢はそう言うと艶然と微笑んだ。だがすぐに真顔になって、折りいって頼みたい事があるのだと言った。

「有り難い話だが、それがしにできる仕事かどうか」

「それはもう、塙様なら願ってもないお方だと承知しております。剣術もお強いとお聞きしておりますし」

「待ってくれ、妙だな」

「何がでございます？」

「実をいうと昨夜も……いや、お手前には関係ない話かもしれぬが、少し尋ねてもいいか」

「はい」

「俺のことをどうして知った？」

「ご紹介いただいたお方の名は今は申し上げられませんが、けっして怪しい方ではございません。塙様の事情についても、そのお方から伺い、ご推薦をいただきました。私がお願いする仕事は信用のおけるお方でないと務まりません。いかがでしょう。そういう話ではこちらを信用してはいただけないのでしょうか」

お登勢はそこで口をつぐんで、まっすぐに十四郎を見た。

一点の曇りもない真剣な顔だった。

まさかとは思ったが、昨夜人殺しを頼みたいと声を掛けてきた胡散臭《うさんくさ》い輩《やから》とは全く別の話らしい。

「とりあえずは用件を承ろうか。受けるか否かは、その後にしていただきたい。出来もしない仕事を受けるといっては無責任、そちらも困るだろう。いかがでござる」

「承知致しました。ではそのように……」

お登勢はここで一息ついて話を継いだ。

「実はもうお気付きかと存じますが、橘屋は慶光寺の御用宿を務めております。つまり慶光寺に様々な理由で、夫と別れたくても別れられず駆け込んで参りました女たちのお世話をさせていただいているのです」

「つまりは慶光寺は縁切り寺だという事だな」

「はい」

「俺は、江戸者が駆け込む縁切り寺は、鎌倉《かまくら》の東慶寺《とうけいじ》だけかと思っていたぞ」

「それが、年々件数が増えまして、しかも鎌倉までは女の足ではその日に駆け込む事は不可能でございます。道中で追っ手につかまり引き戻されて酷《ひど》い目にあわされる者も出てきまして、八代《はちだい》様の時代から、将軍様のご側室のお一人を選ばれまして、そのお方が禅尼《ぜんに》としてお寺をお守りし、駆け込んで来る女たちを受け入れるようになったのでございます」

「なるほど……すると、御用宿とはつまり、町奉行所の公事宿《くじやど》のようなものか」

「さようでございます。ただ、公事宿の場合は、一般の訴訟ごとを取り扱っておりますが、こちらは男女の揉め事に限っておりまして、しかしこれがなかなか厄《やっ》介《かい》でございます。男と女の争いは、双方に微妙な感情や世間体や意地など諸《もろ》々《もろ》問題がございまして、いろいろと駆け引きがございます。ところがいずれお引き合わせ致しますが、寺のお役人様はお一人でございまして、お一人では双方の事情を調べて、詰問《きつもん》もし、裁断を下すのは不可能でございます」

「で、具体的に、俺は何をすればいいのかな」

「はい。お寺様では、訴訟の資料を検討して、最後の裁断を下すことだけで精一杯でございます。ですから私どもが、駆け込んできた人たちをいったんお預かりして、双方を詳しく調べた後に、お寺様が白黒を付ける判断材料を揃えるというのが仕事でございます」

「そうか……雇ってはほしいが、役人のような仕事を俺にできるかどうかだな。少々、心許《こころもと》ない」

正直な気持ちであった。浪人の暮らしも五年になる。自堕落《じだらく》な生活が身についていて、人を調べるなどという仕事に就くのは、内心忸怩《じくじ》たるものがある。

「おいおい慣れていただければ、それで結構でございます」

「そうか……まあ、そういう事なら、雇っていただこう」

「ありがとうございます。これでほっと致しました。近頃は特に刃傷沙汰《にんじょうざた》になる話も多く、藤七と私と店の若い者たちでは、捌《さば》くのが難しくなっておりました。どうかよろしくお願い致します」

「いや、正直なところ、懐が寂しくなっておったのだ」

剃《そ》ってきたばかりの顎を撫でた。

まさかすっからかんとはいえないが、手持ち不如意《ふにょい》という事は伝えておいた方がいいと思った。

すると傍から今度は藤七が口を挟んだ。

「お手当てでございますが、一件落着するごとに三両、ただし駆け込み人に、こちらでの滞在費用や訴訟費用の持ち合わせがない時には、こちらが立て替えるか、あるいはすべての費用を被《かぶ》ってしまう事にもなりかねません。ですからその時には一両、という事でいかがでございましょう」

「結構、よろしく頼む」

「それではこれは手付金という事で、どうぞお納め下さいませ」

お登勢は懐紙にすばやく一両を挟み、十四郎の膝前に置いた。

十四郎は鷹揚《おうよう》に袖の中にそれを納め、凜然と座るお登勢の白い顔をみて頷《うなず》いた。

三

橘屋から呼び出しがあったのは翌日の事、万吉《まんきち》という小僧が使いにきた。

子狸のようなこの万吉を、橘屋と十四郎の連絡役と決めていた。

万吉は店で駆けるのが一番速いという事だった。だからかどうか、十四郎に言伝《ことづて》を伝えると、転がるように飛んで帰った。

なんだかこちらまで急《せ》かされているようで、急いで橘屋に出向いていくと、帳場のすぐ後ろの六畳ほどの板間の部屋で、娘のようなまだ初々しい体つきの女が泣いていた。

部屋の壁際には棚がしつらえてあり、綴じた書き物や大福帳が積まれてある。

お登勢は神棚を背にして火鉢の前に座り、女の話を聞いていた。

十四郎が姿を見せると、お登勢の方から立って出てきて、ひょいと勝手の方へ顔を向けて「お民《たみ》ちゃん！」と女中の名を呼び、泣いている女を空き部屋に案内するように言いつけた。

女中のお民が若い女を連れて部屋を出ていくと、お登勢は茶器を引き寄せて、白い湯気の立つやかんを取った。

「今朝早くにお寺に駆け込んできたんです。でも、ご覧になった通りのあの状態で……」

「見たところ若い妻女のようだな」

十四郎は、茶を入れるお登勢の手元を見詰めて言った。

お登勢の指はほっそりとして長かった。ふっと薄紫の縮緬《ちりめん》の小袖に包まれた胸元に目をやると、そこには微かな息遣いがみてとれた。

思わず目を逸らすと、丁度手前に茶を置いたお登勢と目が合った。お登勢は自身も白い手に茶碗をおさめ、一口、茶を含んだ後、

「まだ十七歳だというんです。京橋《きょうばし》にある呉服太物《ふともの》商『大黒屋《だいこくや》』さんのお内儀で、名はおたえさんというのだそうです」

「ほう……結構な暮らしだろうに、何が不満なのだ」

「塙様はご覧になれなかったと存じますが、目のまわりに青い痣《あざ》ができています。

どうやらご亭主から酷い暴力を受けたようなんですが」

「若い男の中にはこらえ性のない人間もいるからな。俺の住んでいる長屋では桶《おけ》の飛ばぬ日はない家が一軒あるぞ」

「それが、ご亭主とは、二十以上も年が離れているんですよ」

「何、二十以上も……いったい暴力の原因は何だ」

「嫌な事を強要されるっていうんです。閨《ねや》の中のことですが……」

と、お登勢は言った。十四郎は、お登勢のような女から、なんのこともないように、そういった言葉を聞くのは意外な気がした。するとお登勢は、

「夫婦《めおと》のことは、話す方だって恥ずかしい訳ですから、こちらも、お医者が脈をとるように冷静に聞いてあげなければいけません」

なるほどどそれもそうだと、十四郎は腕を組んだ。

「難しいのは、こういう話は余人の知らぬところですし、相手が違うと言えば、話は前には進みません」

「離縁は無理だということか」

「いえ、そういうことではなくて、後々慰撫料《いぶりょう》や手切金に関係して参りますし、どちらに非があるか、そこが肝心なところですから」

「つまり俺は、そこのところを調べればいいのだな」

「はい。特に暴力が日常的にあったのかなかったのか、事実あったとすれば、訴訟も有利に運べますし……」

お登勢は微妙なところでの争いになるのだと、難しい顔をした。

その時であった。「お登勢はいるか」という声が玄関の方から聞こえてきた。

「あら、丁度良かった。寺役人の近藤《こんどう》様です」

お登勢は立って、十四郎を促して部屋を出た。

「近藤様」

お登勢は、こちらに背を向けて帳場で藤七と話していた寺役人に声を掛けた。

「おう」と、下脹《しもぶく》れの顔がこちらを向いた。

「金五《きんご》！」

どこかで見掛けた撫で肩だと思ったら、剣術仲間だった近藤金五がそこに居た。

「十四郎ではないか……そうか、お前だったか、今度橘屋の仕事を手伝ってくれるというのは……いや、これは驚いた」

「まあ、ご存じだったのでございますか」

「ご存じも何も、神田《かんだ》の伊沢《いざわ》道場で一緒に修行した仲だ。といっても、俺はただの門弟だったが、十四郎は師範代を務めておった。一刀流《いっとう》ではこの江戸でまず十四郎の右に出る者はそうはおらぬ」

「それはそれは、ご紹介する手間が省けました。で、ご用向きは？……今朝の一件ですか」

「ふふん、お登勢はどんな男を雇ったのかと確かめたくなったのだ」

「納得なされましたでしょうか？」

お登勢は若々しく笑って、鼻高々というふうに返してみせた。

「納得どころか、これで鬼に金棒だ。どんな事件でももう怖くはないぞ」

「金五、いい加減にしろ」

「いや、すまんすまん。あんまりびっくりしたのと嬉しいのとで、俺の心は弾んでおる。どうだ、そこまで出ないか」

「近藤様。まだお話は終わってはおりませんよ」

「俺が話しておこう。どうだ？」

「そうだな、寺役人がお前というのなら、ほかにも聞きたい事もある」

二人は肩を並べて橘屋を後にした。

歩き出してすぐに、実に二人の再会は五年ぶりだと気が付いた。

当時の十四郎は築山藩《つきやま》定府勤めの勘定組頭《かんじょうくみがしら》の息子であり、金五は下谷《したや》の御徒組《おかちぐみ》屋敷に住む御家人《ごけにん》の息子であった。いずれも家督を継ぐ前の話で、道場の帰りにはよく二人で町に出たものだった。

こうして肩を並べて歩いていると、五年の空白が夢のように思えてくる。

金五は、家督を継いだ十四郎が道場に通ってこなくなり、そのうち主家が潰れたと聞いて、その後をずっと案じていたのだと言った。

「すまん。余計な心配をかけたくなかったのだ」

「いいんだ。もしも俺が、と思うとやっぱりな……。それよりおぬし、妻はいるのか」

「いや……お前は？」

「俺も一人だ」

二人は、どちらともなしに苦笑した。そして見合って、声を出して笑った。一瞬にして昔がよみがえったようだった。

「おい、ここだ」

金五が案内したのは、永代橋《えいたい》の近く、佐賀町《さがちょう》にある茶屋だった。店の名は『三ツ屋《み》』という。二階に上がると左手に永代橋、面前には隅田川とも大川《おおかわ》とも呼ばれている川の堤が広がっていた。

　はるか遠くには、総州《そうしゅう》の山や安房《あわ》の山が、墨を刷《は》いたように見え、手前大川には帆柱が林立し、沖には大船が停泊して満ち潮を待っている。この茶屋からは江戸の要所、隅田川の賑わいぶりが一望できた。

「近藤様、いつものでよろしいですね」

　着座するとすぐに、赤い襷《たすき》に近頃流行《はやり》の縮緬の前だれをキリリとつけた女が、盆にしるこを載せて運んできた。

「すまんな、夜になれば酒もあるし美味い肴も出してくれる。茶屋とはいえ客の希望があれば船だって出すこともあるんだが、日中は料理は出ぬ。甘いものだけだ。だから俺も日の明るいうちはしること決めておる」

「いいんだ、俺もこれから調べがある。しかし、今の女垢抜けているな。躾《しつけ》もいい。この店はいい女が揃っているじゃないか。まさかお前」

「早合点するな。この店はな、離縁は叶ったが行く先が定まらぬ女たちの働き場所となっておる。躾はたっぷり慶光寺で受けているのだ」

「そんな事まで寺はするのか」

　十四郎が目を丸くして聞くと、金五はにやりとして、

「今に分かるが、寺の中は外と隔絶されているとはいえ、修行する女たちには階級があってな、禅尼を中心にして上臈《じょうろう》から御半下《おはした》までいる女の館だ」

「それじゃあ大名の奥向きのようではないか」

「でな、女の格付けは入寺時の上納金の多寡《たか》で決まるんだ」

「寺の中も金次第ということか。しかし金のない者は困るだろう」

「たいがいは親が出す」

「親に金がなかったら、どうするんだ」

「その時は橘屋が貸し付ける。寺を出てから本人が返済する訳だが、親はそれが不憫《ふびん》で、借金をしてでもなにがしかの金をつくってくる」

「……………」

「それと、夫からの手切金や慰撫料を返済に当てるという手もあるんだ」

「そういう事なら、いくら金を取れるか、橘屋の手腕がものをいう訳だな」

「そうだが、そのためには、男の方に明らかな非が認められなければならぬ」

「じゃあ女に非があった場合は、女の方がそういった金を払うのか」

「そういう事だ。この店にいる女たちの中にも、そういった事情を抱えている者もいる。実に問題は様々で、悩みは尽きぬ」

「とかなんとか、それほどでもない顔をしているぞ」

「馬鹿。で、この店にも時々顔を出すようにしているという訳だ。そうそう、この店は橘屋のお登勢の力で成った店だぞ」

「ほう……お登勢殿は、なかなかのやり手のようだな」

「いい女だろう、お登勢は」

「うむ」

「言っておくが誘いをかけても、なかなか靡《なび》かぬ」

「俺は雇われ人だ。そんな事はせぬ」

「老婆心だ。気まずい仲になれば勤めは続かぬ。そうしたら俺が困る。俺はお前に長く助《す》けてほしいと思っている」

「それは俺も願うところだ」

「ま、お登勢は三年前に旦那を亡くしたところだからな、男のことより店をきりもりするのが精一杯というところだろうが……」

「金五、それより、結構危ない仕事だと言っていたな」

「その事だが、命を落とした者もいるのだ。前任者だ。あれは武家の夫婦の仲裁をやっておった時で、双方の親族も呼び寄せて最後の話し合いが行われていたんだが、橘屋の調べに納得がいかぬと女房の方の父親が突然刀を抜いたのだ。不意打ちだった……」

「……」

「今度の揉め事は町人同士だが、油断はできぬ。なにごとも一筋縄ではいかぬと覚悟しておいてくれ」

「うむ……で、おたえの事だが、駆け込んできた時の様子を話してくれぬか」

「それだが、おたえは幼馴染みとかいう男と一緒だったのだ」

「幼馴染み？」

「そうだ。名は清吉《せいきち》と言っていた。樽《たる》職人だ。おたえの話に同情して手を貸したと言っていたが、ひょっとして恋仲かもしれぬ」

「待て。それじゃあ二人は不義の間柄ということになるぞ」

「もしそうなら、おたえは離縁どころか、きまりでは不義者として吉原《よしわら》に渡される事になっておる。まあ、俺たちの調べ違いで女の一生が決まるという訳だ」

金五はなにかと十四郎に助言して引き揚げた。

それにしても、金五は余程お登勢に執心しているようだ。お登勢に何も言えず、周りでおろおろしている金五の姿が手に取るように目に浮かび、十四郎は込み上げる笑いを噛んだ。金五のいじらしさが懐かしかった。

四

「伝兵衛《でんべえ》、おたえを大黒屋に帰してくれとは、いったいどういう了見なんだ？おたえはお前の娘だろう」

青物町《あおものちょう》のおたえの実家で、十四郎はふた親から意外な返事を聞いていた。

話し込んでもう半刻は経つと思うが、離縁はさせない、娘の言う事など聞かないでくれというばかりで、まともに聞く耳を持たないのである。

「大黒屋の意向を聞く前に、お前たちの話を聞きたい。そう思ってまずこちらにやってきたのだ。のっけからそのようでは、話にならぬ」

「娘のわがままでございます。ですから、どうぞもう、お引き取り下さいませ」

今まで黙って聞いていたおたえの母親が、十四郎の前に手をついた。見上げた目に、みるみる涙が溢《あふ》れ出た。

「おくみ、泣くんじゃない！」

伝兵衛は苛々《いらいら》と腰を上げて、土間に下りた。そして、大鍋で煮付けていた黒豆や大根を容器に移し始めたのである。

「商いに行くのか」

「旦那、あっしは煮売り屋の棒手振《ぼてふ》りです。毎日、雨の日以外は煮物を売って、それでやっとこさっとこ食っていっているんでさ。聞いた話じゃあ、縁切り寺で縁を切ってもらうのにも、金が掛かるというじゃあないですか。かわいそうでも、そんな金は一生かかっても作れやしねえ」

「その金だが、娘の言う事に間違いがなければ、救う手もあるのだぞ」

「本当でございますか」

泣いていたおくみが、はっと顔を上げた。

「本当だ」

「おくみ、やめろといってるだろう！」

伝兵衛が振り返って、また怒鳴った。

「伝兵衛、よく聞け。橘屋はお上公認の御用宿だ。俺の話もそう思って聞いてくれ。それに、おたえの意に沿うように尽力したいと思っているのだ。それが俺たちの仕事なんだ」

伝兵衛は太い息を吐き、前だれで手を拭うと、暗い顔を向けた。

「旦那、こうなったら正直に話します。実は、娘は大黒屋に売ったのでございます」

「何、売った？」

「へい。事情がありまして、五十両で売ったんです。吉原に売ったってそんな大金にはなりゃあしません。ですから、何があっても、どうのこうのと言えた義理ではございませんので」

「ではその、事情とやらを話してくれぬか」

「それはご勘弁下さいませ」

「おたえはその事を知っておるのか」

「売られた事は知っております。ただ、なぜ売られたかは……そんな事を娘に言えたら、こんなに苦しんではおりません」

伝兵衛はそう言うと、そそくさと荷造りをして出ていった。

女房のおくみはと見ると、これもうただ泣くばかりで話を聞ける状態ではない。

十四郎はおくみに、何かあったら遠慮しないで相談に来るように言い、裏店を出た。

急いで橘屋に戻ると金五が来ていた。

十四郎がお登勢と金五にひと通りの話を終えると、大黒屋に下調べに行っていた藤七が帰ってきた。

「大黒屋の主は儀兵衛《ぎへえ》という男ですが、一代で身代《しんだい》を築いた男で、それだけに儀兵衛の昔をよく知った者は近隣にはいないようです」

ただ……と藤七は息を継いだ。

先年、日本橋《にほんばし》北詰の室町《むろまち》で火事騒ぎがあり、多くの人が焼け出されたが、儀兵衛は行くあてのない貧しい人たちのためにお救い小屋を建て、粥《かゆ》を振るまい、一躍仏《ほとけ》の儀兵衛と呼ばれるようになったというのである。

しかし藤七は、そういった風評に逆らうように、

「腑《ふ》に落ちないのは、肝心要の呉服商は、さして繁盛しているとも思えません。まあ、人の財布は分かりませんが、お救い小屋を建て、粥の施しをするほどの金がどこにあったのかと……」

と首を捻《ひね》った。

「それに、仏と呼ばれる人間が、次々女房をとっかえているのも気にいりませ

ん」

「藤七、おたえさんは五十両で売られたという話ですが、ちゃんとした後妻さんとして迎えられたんでしょ」

「まあそういう事にはなっておりますが、聞いた話では、三人目か四人目だという事です」

「前の人たちは亡くなられたのですか」

「それなんですが、儀兵衛は、女房はお伊勢《いせ》参りに行って行方知れずになったとか、実家に帰ったまま帰ってこないんだとか、その都度《つど》世間にはいろいろと説明しているらしいんですが、本当のところは分かりません」

「当人のいないところでは、どうとでも言えますからね」

お登勢も何かひっかかるという顔をした。

「ただ、半年前までいた内儀《ないぎ》は、なんでも品川《しながわ》で見掛けたという人がおりまして……これは、出入りしている小商人に聞いた話なんですが、驚いたことに、それが女郎宿《じょろうやど》だったというのです」

「女郎をしておるのか、前の女房は」

これには金五が驚いた。

「確かめた訳ではありませんが」

「まさか儀兵衛は、前の女房を無一文で追い出したのではあるまいな」

「いや、案外そうかもしれんぞ、金五」

十四郎が相槌《あいづち》を打った。

「だとしたら何が仏だ。男の風上にもおけぬ奴だ。おたえは、そんな所によりにもよって……親も鬼なら旦那も鬼だ」

金五は目頭を押さえている。金五が涙もろいのは今に始まった事ではないが、駆け込んで来た女の身になって泣ける金五は、少年の頃のまま、少しも変わっていなかった。

お人好しの金五にはこの職は適職かもしれないが、しかし一方で、冷静に、或いは冷徹に調べを進めて断を下さなければならないとすれば、その部分の多くは橘屋が背負わなければ、コトはおさまらないに違いない。人の心の奥底にある、欲と意地を捌くのは、並々ならぬ強固な意思が必要だ。

だとすると、目の前にいるお登勢は、かなりの強い精神の持ち主だということになる。

「十四郎様、おたえさんの両親は、なぜ五十両ものお金が必要だったのでしょうか。十四郎様の話では、慎ましい生活のように思えましたが」

お登勢が疑問を投げ掛けた時、

「主はいるか」

突然乱暴な声がして、玄関口に数人の男たちが、肩をそびやかして入ってきた。

いずれの男も闇に生きる人間の、あの陰険な雰囲気を持っていた。

「主は私でございますが……」

お登勢が立っていき、玄関の板間に片膝つくと、

「おい！」

頬に傷のある男が、後ろを振り返って顎をしゃくった。

すると、荒縄で後ろ手に縛られた若い男が突き出された。

「清吉！」

慌てて手の甲で涙をぬぐった金五が叫んだ。

「こ、近藤様、お助け下さいませ」

「おっと、待ちねえ」

頬に傷のある男は、いきなり匕首《あいくち》を抜いて、その切っ先を清吉の喉元に突き付けた。

「危ない真似はよせ！……いったいぜんたい、何があったというのだ、これは」

金五は語気をあららげて聞いた。

「どうもこうもねえ。この男と引き換えに大黒屋さんの内儀、おたえさんをけえしてもらおうと思ってよ」

「これは、どこのどなたかは存じませんが、橋屋は、そのような話には一切応じられません。どうぞお引き取り下さいませ」

お登勢は、きっぱりと断った。

「おかみさんよう、ようく聞いてほしいんだが、おたえさんはこの男に唆《そそのか》されたんですぜ。つまり二人は不義者だ。おそれながらと訴えればどうなるか、おかみさんならご存じの筈ですがね」

「不義者かどうかは、こちらの調べで決着します。そちら様からとかくの指図は受けません」

「俺は不義者なんかじゃねえ！」

清吉が叫んだ。

「お前たちは大黒屋の者か」

金五が確かめる。

「そうさなあ……大黒屋に恩義のある者だとでも言っておきましょうか」

「だったら引け。ただでは済まぬぞ」

「ふん、お前が寺役人だな。いいか、ここは寺ではねえ」

「御用宿だ。宿の軒に一歩でも入れば、寺と同じだと心得よ」

「そうかい。そっちがそう出るのなら、こっちはこいつを奉行所に突き出すまでだ。ありもしねえ主の暴力とやらをでっちあげ、駆け落ちしたんだとな」

「待て。それでは、仏の儀兵衛の名が泣くぞ」

十四郎は言い、頬に傷のある男の横手に静かにまわった。

「うるせえ。それはそれ、これはこれだ。言う事を聞けねえというのなら、いっそこいつの命、ひとおもいにケリつけてやってもいいんだぜ。ほら、ほら、ほら……」

男は、匕首の先で清吉の頬をスーッと引いた。血が、細筆で書いたように線を引いた。

清吉は、恐怖ですっかり震えあがっている。

「待って」

その時、二階から階段を転げ落ちるようにおたえが下りてきた。

「清吉さんを放して下さい。私が大黒屋に帰ればいいんでしょ。帰りますから放して下さい」

男はにやりと笑った。が、気を緩めて一瞬清吉に向けた匕首の先がぶれた。

刹那、匕首が叩き落とされ、同時に男の手首がねじ上げられた。十四郎であった。

「いてて、放せ」

「痛い目にあいたくなかったら帰れ。二度とこのような真似をしてみろ。今度はこの腕を、斬る」

十四郎は男の腕をねじ上げたまま表に出て、遠巻きにして身構える仲間の前にその男を突き倒した。

「大黒屋に言っておけ。いずれ訪ねるが、乱暴な手を使うなら俺が相手だ」

「ちくしょう……ひ、引け」

男たちは悪態をつきながら散っていった。

夕闇の迫る町角に男たちが消えるのを見届けて引き返すと、帳場の奥の板間の部屋で、おたえと清吉が膝を並べて座り、金五とお登勢に訴えていた。

十四郎が入っていくと、金五が手招きをして小声で言った。

「今の男たちは、時々大黒屋に顔を出している連中らしいぞ。だがどんな繋がりがあるのか、おたえは知らないらしいんだ」

そうか……と金五の側に座ると、お登勢が神妙な顔で俯《うつむ》くおたえと清吉に、

「濡れぎぬなんですね。間違いありませんね」

と念を押す。

「嘘はつきません。俺とおたえちゃんは同じ長屋で育ちました。だから、幼い頃から、なんとなく大人になったら一緒になる、そう信じていました。でも、おたえちゃんとはきれいな仲です」

清吉は真っ直ぐにお登勢を見つめた。嘘のない目の色だった。

「一緒になれなくても、おたえちゃんが幸せならいい。俺はそう思ってたんだ。でも、おたえちゃんから話を聞いた時、このままじゃあ殺されちまうかもしれねえって、そう考えて駆け込みを勧めたんです」

おたえも清吉の話に頷いて、

「私、他に相談する人がいなかったんです。だって、おっかさんにも、おとっつあんにも、あの家を出たいだなんて言えないもの……私を、一生懸命育ててくれた両親を困らせたくなかったんです」

と、言ったのである。

「まったくお前は……両親を恨んではいないのか」

金五が聞くと、おたえは、ううんというように首を振って、

「私を売らなきゃならないなんて、余程の事情ができたのだと思いました。だから、何も聞かずに両親の言うことに従いました」

おたえは、父の愛も母の愛も今までいっぱい受けてきたと言い、健気《けなげ》にも両親を庇ってみせたのである。

五

この騒動のおかげで、十四郎が米沢町《よねざわちょう》の裏店に帰りついたのは、ずいぶんと遅かった。

夜食は橘屋で済ませていたが、酒は裏店の近くで買い求め、帰ってくるやさっそく瓢箪徳利《ひょうたんとっくり》を傾けた。

と、女の影が戸口に立った。

「こちらは塙様のお宅でございますか」

ひそやかだが、切羽《せっぱ》詰まった声だった。

十四郎が引き戸を開けると、伝兵衛の女房おくみが、転がるように入ってきた。

「どうか娘を助けてやって下さいませ」

おくみはいきなり土間に手をつき、十四郎を仰ぎ見た。

「火を熾《おこ》すところだ。そんな所ではなんだ、上がりなさい」

「いいえ、すぐに帰らなければなりません。なにもかもお話ししますから、もし娘を助けられるものならばお願いします。娘は、私たち夫婦の犠牲になったようなものですから……」

「とにかくそこでは風邪を引く。さあ」

十四郎は敷きっ放しの布団を丸めて隅にやり、そこにおくみを座らせた。するとおくみは、

「実は伝兵衛は……夫は、もと柿沢《かきざわ》藩の勘定組頭向井作左衛門《むかいさくざえもん》様の若党《わかとう》でございました。私も同じ屋敷で女中奉公をしておりました」

と、思いがけない話を始めたのである。

それは、ちょうど今から十八年前のこと、二人は同じ屋敷で働きながら、告白する機会もなく恋心をつのらせていた。

ところが先年より向井配下の藪下《やぶした》という男から、おくみを妻に欲しいといってきており、おくみは向井に承諾の意を伝えていた。

おくみの頭の中では、伝兵衛との事はとっくに諦《あきら》めていたのである。

ところが、この縁談を知った伝兵衛から、自分は前々から好きだったと聞かされて、おくみは揺れた。元から好意を寄せていた相手である。二人は瞬《また》く間に恋におちた。

しかし、柿沢藩では、藩士の家士《かし》であっても勝手に婚姻できないというご法だった。法の上では既に藩に届け出ていた藪下との縁談が先にあり、伝兵衛とおくみの結び付きは不義となる。

苦しんだ末、二人は向井に報告した。だがこの時すでにおくみの腹には子ができていた。露見すれば当人たちはむろんのこと、向井自身も窮地に立たされる状況となっていた。

ただ、伝兵衛とおくみを不義密通で成敗《せいばい》すれば、向井の責任は免れた。二人はそれも覚悟していた。

だが向井は、そうはしなかった。向井は二人を呼んでこう言った。

「残る道は一つしかないぞ。先々の苦労はあるだろうが、武士を捨てて町人となり、身を潜めて生涯睦《むつ》まじく暮らす覚悟があるのなら、駆け落ちしろ」

てっきり処罰されるだろうと覚悟を決めていた伝兵衛とおくみは向井の前に手をついた。

「それでは旦那様に申し訳が立ちませぬ。これまでお世話になった旦那様にこれ以上のご迷惑はかけられませぬ。二人の愛情を確かめ合えただけでも幸せものでございます。どうぞ旦那様の手で、ご成敗下さいませ」

「馬鹿な……死んでどうなる。おくみの腹の子のことを考えろ。わしの言い訳はどうとでも立つ」

向井はそう言って、二人の前に袱紗《ふくさ》を置いた。

「僅かだが路銀《ろぎん》が入っておる。これを持って今晩発《た》て……そして、幸せにな」

伝兵衛とおくみは泣いた。命を助けてもらったのもさる事ながら、向井の温情が身に染みた。

その夜二人は柿沢藩を出奔《しゅっぽん》し、あちらこちらを放浪した後江戸に来た。その江戸での暮らしもすでに十三年、町人に姿をかえて今日にいたったというのである。

「向井様は私たち夫婦の命の恩人でございます。ところがその向井様のご浪人姿ます」

を、この江戸の、しかもすぐそこの佐内町《さないちょう》の裏店で、伝兵衛が見たのでござい

「何……」

十四郎は驚いておくみを見た。

伝兵衛はまさかと後をつけ、その家を覗いてみると、向井は病に臥《ふ》せる老妻と二人、ひっそりと長屋で暮らしていたのである。

見る影もなく窶《やつ》れた向井の姿。見かねてその家に飛び込んだ伝兵衛は、向井から老妻の薬代がかさみ多額の借財があると聞き、今こそ恩に報いる時だと考えた。

だが伝兵衛に備えがある訳ではない。そこで出入りしていた大黒屋にお金を貸してほしいと頼んだところ、

「払えない借金をするくらいなら娘を売らないかと言ってきたんです。売る買うといっても後妻に据えるのだから案じる事はない。大黒屋さんはそうおっしゃったのでございます」

「そうか。それで、お前たちは娘を大黒屋に渡したのか」

「はい。今更ではございますが、どうか娘を助けて下さいませ」

おくみはそう言うと、額を畳にこすりつけるようにして頭を下げ、帰っていった。

この世知辛《せちがら》い世の中で、身を賭《と》して恩を返そうとした伝兵衛とおくみの話には、さすがの十四郎も胸を打たれた。

しかも、この日の夕、十四郎は橘屋で健気なおたえの心を聞いている。可愛い娘を心ならずも売る事になった伝兵衛とおくみ、親の言葉に黙って従った娘。いずれも貧しい者たちの、切羽詰まった決断だったに違いない。

元から町人ならいざ知らず、若党とはいえ伝兵衛は刀を腰に帯びたことのある男である。その体にはまだ武士の血が流れていた。

伝兵衛は、武士が主家《しゅけ》のために命を落とすのと同様に、町人になったとはいえ、かつての主に目一杯の報恩《ほうおん》をと考えたのだ。

二人にとって娘は宝であり命である。それを差し出すという事は自身の命を捧げることと同じである。

藩を捨てて、好いた者同士が一緒になって、伝兵衛とおくみは娘を挟んで幸せな生活を送ってきた。ところがその幸せを掴んだために、今度はなによりも大切な娘の幸せを奪うという結果になった。娘に対する慙愧《ざんき》の念が、ずっと二人を苦しめてきたに違いない。

十四郎はまんじりともしないまま朝を迎えると、すぐに大黒屋に足を向けた。

「梅は、紅梅が一番でございます」

十四郎が五分咲きの庭の梅の木を眺めていると、色の浅黒い、ずんぐりした男が廊下を渡ってきて自慢した。

「見事だな、大黒屋」

「はい。花も女も咲くまでが楽しみなものでございます」

大黒屋儀兵衛は卑猥《ひわい》な笑みを浮かべると、十四郎を客間に誘った。

慇懃《いんぎん》な物腰ながら、腰を据えるとすぐに老獪《ろうかい》な顔を見せた。

「橘屋さん。せっかくご足労願いまして申し訳ございませんが、お話は分かっております。ええ、はっきり申し上げておきましょう。おたえがどう言おうと、私はあれに、暴力などふるった覚えはございませんよ」

十四郎が聞く前に釘を刺してきた。

「じゃあ、おたえが嘘をついているというのだな」

「近頃の若い娘は平気で嘘をつきますからね。かといって、私はおたえを手放すつもりはございません」

「じゃあおたえの顔についた痣は、どう説明する」

「そうおっしゃると思っていました。しかし、心当たりがございませんので、説明のしようもございません」

「閨の中でいうことを聞かないといっては殴られたと聞いているぞ」

「あなた様はお若いからご存じないのかもしれませんが、若いおなごを自分の思い通りの女に仕立て上げるほど、楽しいことはございません。閨の中の事はざれごとです。あれも承知の話です」

「暴力ではないと申すのだな」

「何か証拠でもございますかな」

大黒屋は、跳ね返すような目を向けた。

「しかし、嫌がっているのだぞ、おたえは……それに若い。こうなったからには、大きな心で別れてやったらどうなんだ」

「お断りします。私はあれを五十両で買ったんです。大黒屋儀兵衛は商人の端《はし》くれでございます。元も子もとれない話には乗れませんな」

「おたえは品物ではないぞ」

「私にとっては同じようなものでございます。納得していただけないようでしたら、これ以上話しても無駄でございます。どうぞ、お引き取り下さいませ」

言葉遣いは丁寧だが、大黒屋の声には凄味があった。

十四郎は腰を上げたが、ふと思い出したように振り返って聞いた。

「大黒屋、前の女房たちだが、どうしている」

「そのような話にお答えする必要はございませんな。橘屋さん。申し上げておきますが、そちらがそちらなら、こちらも出方を考えなくてはなりません。いやなに、手前どもには、命知らずの人間がたくさんいるという事です」

大黒屋はそれで言葉を切った。

十四郎は、大黒屋の異様とも思える女への拘《こだわ》りと、その拘りのためには手段を選ばず、冷徹な行動を起こしてのける非情な顔を見たと思った。

六

「親父、飯をくれ。そうだな、酒もだ。熱燗で頼む」

十四郎は肩に止まった雪の滴《しずく》を懐紙で払うと、板場の陰で煙草《たばこ》をふかしていた親父に声を掛けた。

「へい。いらっしゃい」

親父はポンポンと煙管《キセル》を叩きつけて灰を落とすと、おもむろに立ってゴト、ゴトッと切れの悪い包丁の音をたてた。

まもなく昼の八ツ（午後二時）近くとあって、飯屋の中は客も数えるほどしか入っておらず、十四郎は店の中ほどに切った囲炉裏《いろり》の側に腰を掛けた。五徳《ごとく》には鍋が掛けられ、湯がたぎっている。

「この時期に雪が落ちてくるなんて見た事がねえ。旦那、風邪をひかねえように濡れた物はしっかり乾かしていっておくんなせえよ」

酒と漬物を運んできた親父が言った。

朝のうちは、松林の向こうに広がる海は凪《な》いでいた。

それが急にどんよりとした空に包まれ、突然雪が小雨と一緒に落ちてきた。

「参ったな、止《や》みそうもないな」

十四郎は板場に戻った親父に聞いた。

「いや、気紛れに降ってきたんだ、すぐに止みます。なにしろこの時期の天気はおなごの気性とおんなじで、くるくる変わらあ。相手にしねえ方がいい」

あちらこちらから笑いが漏れた。十四郎も苦笑した。

それにしても、考えていたよりも品川の宿は広い。

江戸から僅か二里の距離に、旅籠《はたご》だけでも九十軒以上もあり、宿場街道には水茶屋、蕎麦屋、酒屋など店という店が建ち、手に入らないものはない。

飯盛《めしもり》女だけでも四、五百人はいるというから、十四郎が目当ての探し人も容易に探し出せる筈がない。

その証拠に十四郎がこの宿場に入ってから今日で三日になるが、いまだに大黒屋の前の女房、おちかを探し当てないでいる。

十四郎は、腹に落ちていく酒を確かめながら、大黒屋の険悪な顔を思い出していた。

――あの男は、一筋縄ではいかぬ。

藤七もあれからずっと大黒屋に張り付いて、出入りする商人や奉公人に聞き込みを重ねているが、依然夫婦の話は闇に包まれたままである。

もっともあの男のことだから、店に関係のある者たちには、口封じをしているに違いない。

ところが、お登勢はというと、少しも動じてはいなかった。

もしもこのまま、大黒屋が話し合いにも乗らないというのであれば、おたえは寺入りをして二年の歳月を修行すれば、相手が不承知でも、法の力で縁は切れるというのである。

「ただ、おたえさんの場合は、お寺に入る前に決着がつけられたら、それが一番良いと考えています。なにしろ寺に入るとなりますと、冥加金《みようがきん》とか扶持《ふち》金とか、いろいろと費用がいりますからね」

お登勢は、一分《ぶ》の金さえ出せないであろうおたえ親子の懐を案じていた。

それに、法の力で縁を切っても、納得がいかないと切った張ったの騒動が起きる事もあり、せめて暴力の一件だけでも相手に認めさせておきたいのだと言った。

「ふむ……」

十四郎が考えていると、

「まあ、いざという時には、別の手を考えますが……」

お登勢はもてあそんでいた火箸を、灰の中に突き刺した。

「別の手？」

「はい。十四郎様や藤七の話を聞いたところでは、大黒屋は、叩けばきっと埃《ほこり》が出ます。別に夫婦関係に限りません。叩きやすいところを叩いて、それを突破口にして決着させせます」

お登勢は腕ずくでも相手を納得させせると言っている。どんな裏の手を使っても、相手を屈服させせようというのである。伊達《だて》に女一人で御用宿を守ってはおらぬ。十四郎は改めて感心した。

——そういえば。

お登勢については、ひとつ気になっている事があった。

あの打ち合わせがあった日に、橘屋を出たところで一丁の塗り駕籠がやってきた。

ふとその駕籠が、小名木川沿いで助けたあの駕籠にそっくりだとすれ違いざまに気付いた十四郎が、ひょいと後を振り返って見ていると、駕籠の中から頭巾を被った恰幅《かっぷく》のよい武家が下りてきた。

しかもその武家は、おとないも入れず橘屋の中に消えたのであった。

一体あの武家は、橘屋とどういう関係がある御仁《ごじん》なのか。もしかしてお登勢には、十四郎の知らない強大な後ろ盾がいるのではないか。なんとなくそんな気がしたのだが……。

「旦那、陽が射してきましたぜ」

徳利を空けたところで、裏口に薪《まき》を取りにいっていた飯屋の親父が、ちらりと視線を外にやった。

あれやこれやと思い起こして、酒を飲み、飯を食っている間に、どうやら春の嵐は去っていったようである。

「親父、猿田《さるた》の銀蔵《ぎんぞう》に会いたいのだが、どこへ行けば会えるのか、知っていれば教えてくれぬか」

十四郎は囲炉裏に薪をくべていた親父の手に、すばやく小粒を握らせた。

猿田の銀蔵とは、品川宿の女郎の出入りを統括している頭《かしら》のこと。この二日の調べで、女郎のことは銀蔵に聞けば大概の事は分かるし、会いたければ飯屋の親父を通じた方が早道だと分かったのだ。

宿場を調べる軍資金は、お登勢から五両の金を預かっており、懐にはまだ三両あまりが残っている。一人で虱《しらみ》潰しに当たるより、その金の一部を銀蔵への手土産にして、一気におちかに会おうと十四郎は考えた。

親父は一瞬当惑の色をみせたが、声を落として耳元に囁《ささや》いた。

「旦那、銀蔵親分に会って、何を知りてえとおっしゃるんです？」

「案ずるな。女をどうこうしようというのではない。ある女に少し聞きたいことがあるだけだ」

「分かりやした。それじゃあ暮六《くれむ》ツ、東海寺《とうかいじ》の門前で待っていておくんなさい」

「承知した」

十四郎は腰を上げた。飯屋を出ると、路上の水溜まりに、やわらかい陽の光が落ちていた。夕刻までには、まだ一刻《いっとき》（二時間）以上もありそうだった。十四郎はふと思い立って三田《みた》の丘に足を向けた。

この辺りは沿道に料亭や茶屋が軒を並べ、旅人はここで旅装にかえて見送り人と宴を張る。ゆっくりとここで最後の別れを惜しむのだった。

忘れもしない五年前、十四郎もこの地で女と別れを告げた。

名は雪乃《ゆきの》。同藩の娘で、許嫁《いいなずけ》だったひとである。

二人が別れなければならなかったのは他でもない、主家の断絶が原因だった。

十四郎が家督を継いで僅か一年、雪乃と婚礼間近になっていたが、十四郎はこれを辞した。

この決断の背景には、主家が潰れたあとの両家の先に、大きな隔たりがあったからだ。

雪乃の父も定府の勤め、御納戸頭《おなんどがしら》を務めていたが、当然こちらも失職していた。しかし亀山《かめやま》藩に縁者がいて、すぐにそちらに仕官が叶ったと聞いた。

ところが、この仕官の話には尾ひれがついていて、縁者の次男に雪乃を娶《めと》らせるという条件つきだったという噂が立った。

噂は、十四郎にとっては身の置きどころのない屈辱だった。だが、そうはいっても、我が身は浪人が避けられない状態となっていた。

仮に十四郎が断りを入れなくても、いずれ雪乃の方から破談の話があるのは必《ひっ》定《じょう》、十四郎は相手の家を思いやって先手を打った。

雪乃の父はこの申し出に、ただ、黙って頭を下げた。断る方も、それを受ける方も、苦渋の決断だったのである。

ただ、十四郎と雪乃は人も知る相思相愛の仲だった。家の都合で破談になったとはいえ、十四郎にも雪乃にも未練があった。

二人は、雪乃一家が江戸を発つ日、示しあわせてこの三田で逢引《あいびき》をした。たとえ僅かの間でも一緒にいたいという気持ちが、二人にはあった。

雪乃の父母が、茶屋で長年の知人と別れの刻を過ごしている隙に、二人はこの丘に上り、品川の海を見詰めていた。

海は、銀粉をまいたように輝いていた。

何をどう話してよいか分からずに押し黙って海を見ていた十四郎に、雪乃は大胆なことを口にした。

「十四郎様、雪乃は悔《くや》しゅうございます。一度でもいい、あなた様の腕の中で眠りたい……それはかり考えておりましたのに」

「……」

「十四郎様……」

返事のない十四郎を急かせるように、切ない声で雪乃が呼んだ。

「雪乃殿、それがしとて同じことを考えていた。今日ここに来るまで、もしやの機会があればとずっと考えていた。しかし……」

「しかし？」

雪乃が濡れた目を向けた。十四郎の返事ひとつで雪乃は今日、抱かれる覚悟を決めている。十四郎は迷っていた。雪乃を抱きたい。抱いて別れたい。全身の血がそれを欲して、押しとどめるのに必死であった。しかし抱けば望みは叶うが、その後の二人の苦しみは、今の比ではないというのも明白だった。

浪人になった十四郎の選択肢は一つ、雪乃のこれからの幸せを祈る事だ。この先の雪乃の生活に自分の影を持ち込ませない、忘れてもらう事である。

十四郎も海を見詰めたまま、雪乃に言った。

「ようう。俺には出来ぬ」

「十四郎様の意気地《いくじ》なし」

雪乃はそう言うと、顔を覆って転げるように、三田の坂を下りていった。

十四郎は追わなかった。踏みとどまった。雪乃はそのまま旅に出て、それが二人の最後となった。

あの時の、苦く切ない思いを嚙み締めながら、十四郎は一歩一歩、芽吹き始めた草木の匂う間道を上っていった。

丘にたたずみ、海を見た。そこには昔とかわらぬ青い海が広がっていた。

歳月は、十四郎のまわりの模様を一変させたが、いま目の前に広がる光景は昔のまま、何も変わってはいなかった。

ひととき、海を眺めていた十四郎の耳に、鶯《うぐいす》の鳴く声が聞こえてきた。

それで十四郎は我に返った。

「ケキョケキョ」

と十四郎は口笛で応えながら、切ない想いを振り切るように丘を下りた。

「旦那……あっしが猿田の銀蔵でございます」

東海寺に暮六ツきっかりに、銀蔵は長半纏《ながばんてん》を翻《ひるがえ》してやってきた。

十四郎が手短に意を伝えると、銀蔵はある旅籠に十四郎を連れて上がった。

そして女将に一言二言耳打ちすると、女将はちらりと十四郎に視線を投げ、銀蔵に顔を戻して、

「親分に頼まれては……よござんす、承知しました」

胸を軽く叩いてみせた。

「塙さんとやら、くどいようでござんすが、必ず約束は守っておくんなせえよ」

銀蔵は十四郎が渡した一両小判を握り締めると、念を押した。

「分かっておる」

十四郎は礼を述べて、女中が案内する二階に上がった。

まもなく、真っ白く首を塗り、緋《ひ》の色の襦袢《じゆばん》を着た女が、裾を引きながら酒と肴を運んできた。

「おちかさんだね」

十四郎の問いかけに女はこくりと頷いて側に座ると、盃を取って十四郎に手渡した。見たところ三十そこそこかと思われたが、荒れた生活が女の体にまとわり

ついて、眉の引き方、紅の置き方一つにも、半年前まで呉服屋の内儀だったとは思えなかった。

もっとも、大黒屋にいた頃のおちかを知っている訳ではないが、女郎が持つ特有の、怠惰な雰囲気が見てとれた。

おちかは十四郎に酌をしながら、上目遣いに見て言った。

「旦那、どうして昔のあたしの名前を知っているんです？」

ここではおちかは「あやめ」といった。おちかという昔の名を出した十四郎を訝《いぶか》しく思ったようだ。

「一つ、聞きたい事があって参ったのだ」

「あら、何かしら。ねえ、旦那は御府内の人？」

「そうだ。深川だ」

「深川……というと、東の方だ、よかった」

おちかはなぜか胸をなで下ろして、潤んだような目を向けた。

「実はあたし、毎朝この裏の神社にお参りして、おみくじひいているんです。でね、今日は『待ち人、東方より来りて幸運あり』って書いてあったんですよ。だから旦那は、今日はあたしの福の神」

「俺が？」

「嘘じゃないわよ、ほら」

おちかは、袂からおみくじを出して見せ、

「ね、だから話が終わったら、必ず抱いて下さいね」

「おちか、すまんな。せっかくだがお前を抱きにきたのではない」

「お願い。後生《ごしょう》だから」

おちかは手を合わせた。真剣だった。どこから見ても貧乏神そのものの素浪人を福の神とは、おちかの生活が窺い知れて哀れだった。

「旦那」

おちかが体をぶつけるようにして、十四郎の胸に飛び込んできた。

「おちか」

抱きとめたおちかの肩から、緋の襦袢がするりと脱げた。

突然十四郎の目の中に、白い胸が飛び込んで来た。

「これは……」

十四郎は驚いておちかの顔を見た。

おちかの白い胸の右乳には、鞭《むち》ででも打たれたような、紫色に盛り上がった古い傷痕があった。

「ああ、これ?……別れた亭主に傷付けられた痕なんですよ」

「儀兵衛のことだな」

「そうか……旦那が聞きたいというのは、前の亭主のことなんだ」

「おちか、なぜそのような傷を負ったのか話してくれ」

「……」

「お前の証言次第で、人ひとり救えるのだ」

おちかはじっと十四郎を見ていたが、

「分かった。儀兵衛の新しい女房のことで来たんだね」

と十四郎の頷くのを待ち、

「そうか、またあいつは……旦那、そういう事なら証言します、いくらでも。あたしは酷い目に遭わないうちに家を出たから良かったけれど、前の人も、その前の人も殺されてるんじゃないかと思ってるの」

「何、前の女房たちは殺されたのか?」

「証拠はないんだけどね」

「しかし、何かそう感じた事があったんだな」

「ええ」

おちかの話によれば、去年の夏の暮れ、衣替えをしている時に、箪笥《たんす》の中に前の女房のものと思える浴衣《ゆかた》があった。おちかは、誰かにくれてやろうかと思ったが、ふと儀兵衛をびっくりさせてやろうと考えた。

そこでその晩、風呂あがりにそれを着て、灯を細くして寝ている儀兵衛の枕元に立った。

すると儀兵衛は飛び起きて、手を合わせて震えていたが、おちかと分かると鬼のような顔をして怒りだし、浴衣をはぎ取って、番頭の和助《わすけ》に捨てにいかせたのだという。

「その時にね、傍にあった物差しで叩かれたのが、この傷なの」

おちかは胸に手を当てた。

「叩かれながら、この人、前の女房を殺してるって思ったんです。だって儀兵衛は、普段から犬や猫を、そりゃあもう、めちゃくちゃに木刀で殴ったりして」

「犬や猫もか」

「ええ、みな野良犬、野良猫なんですけど、庭の梅の木の根元を掘り返すって怒ってさ、犬も猫もすばしっこいからたいがいは逃げていくんだけど、中には無残にも殺されて捨てられたのもいたし……だからあいつは、殺しなんて平気なんだ。ひょっとして私も殺されるのじゃないかって、恐ろしくなって家を出たんです」

「そうか……いや、ありがとう。だがそういう事なら、お前も気を付けねばいかんな。俺がここに来たことが分かれば、どんな危害を加えられるやもしれぬ」

「いいのよ旦那。あたしの一生、もう終わったようなものなんだから」

「おちか……」

――何が仏だ。

十四郎は改めて、儀兵衛に激しい怒りを覚えていた。

七

「八兵衛じゃないか、そんなところで何をしておる」

十四郎が米沢町の裏店に戻ると、木戸の闇に八兵衛がせわしなく足踏みをして立っていた。

「塙様のお帰りを待っていたんですよ」

「店賃か」

「いいえ。それどころではございません。橋屋さんからお使いがみえまして、一刻も早く来てほしいと……」

「分かった。すまぬ」

十四郎は踵《きびす》を返した。

品川の宿で不憫に思ったおちかを誘い、一緒に飯を食い酒を飲んで遅くなり、まっすぐこちらに帰ってきた。

だがこんな事なら橋屋に寄ればよかったと急いで出向くと、お登勢と藤七の前に、消沈《しょうちん》したおくみとおたえが座っていた。

「何があったのだ」

「大変な事になりました。伝兵衛さんと向井様とかいうご浪人が、奉行所にひったてられたというんです」

藤七はそう言うと、太い溜め息をついた。

「十四郎様に連絡がつかなかったものですから、お奉行所には近藤様に行っていただきました。とにかく目茶苦茶な話です。おくみさん、十四郎様にあなたの口から、もう一度話してくれますね」

おくみはお登勢に促されて、十四郎に青い顔を向けた。

「実は向井様が住まいする大家さんの家に空き巣が入りまして、箪笥の中の文箱《ふばこ》に入れてあった五十両のお金がなくなったというのです。で、その大家さんが言うのには、このところ金回りのよくなった店子《たなこ》がいる。それが向井様のことでございますが……。その店子は滞《とどこお》っていた家賃は全額払ってくれるし、医者のかかりも全部まとめて支払ったと噂で聞いた。そこでよくよく調べてみると、金貸しにも、味噌屋にも米屋にも支払いをしていると……。諸々勘定してみると二十五両ものお金を使っている。私の金を盗んだのは店子の向井様に違いないとお奉行所に訴えたのでございます」

大家の訴えによって、直ぐに役人が飛んで来て、向井の家は家捜しされた。役人は老妻が伏せっている夜具まではがし、夜具の下にあった十両を差し押さえた。そして、まだ十五両足りないなと詰問された向井老人は、もともとこの金は、青物町の伝兵衛が施《ほどこ》してくれたもので、大家から盗んだ物ではない。しかも伝兵衛が施してくれた金額は三十五両で、五十両ではないと申し開きをしたのだが、煮売り屋に都合がつけられる額ではないと逆に伝兵衛まで疑われ、今度は伝兵衛の家が家捜しされたのだというのである。

「お役人は大家さんから盗んだ残りの金子はどこへやったんだって言うんです

……あるわけがありませんよ。もともとおたえを売って手にしたお金は三十五両だったんですから」

「待て、お前たちが大黒屋から受け取ったのは五十両ではなかったのか」

「額面はそうですが、仲介料として中に入ってくれた男の人に十五両取られてしまいましたから」

「何……」

「ですから、向井様には三十五両しか、お渡ししておりません」

「しかし大黒屋に聞けば、そんなことはすぐに分かることじゃないか」

「十四郎様、その大黒屋ですが、金の話など知らない、そう言ったというんですよ」

藤七が横合いから、怒りを露《あら》わにして言った。

「いま藤七とも話していたんですが、このままですと二人とも罪人にされてしまいます。大黒屋が白《しら》を切るのなら、仲介に入ったという男をつきとめて証言してもらわなければ、二人を助けることはできません」

とお登勢もいう。

「おくみ、その男の顔は覚えているのか？」

「はい。眼差《まなざ》しの恐ろしい人たちでした。一人は頬に傷がありました」

「十四郎様。おかみさんも私も、この間ここへやってきた、あの男たちではないかと見当をつけているんですが……」

藤七がそう言うと、おくみが、

「あの、頬に傷のある男ですが、たしか名を捨蔵《すてぞう》と呼ばれていたと思います」

今思い出したという顔をした。

「捨蔵……確かにそう呼んだんだな」

「はい」

「お登勢殿、品川で前の女房から聞いたんだが、大黒屋は裏で高利の金貸しをやっていたそうだ。闇の金貸しだ。それを任されていたのが捨蔵という」

ははん……とお登勢は納得した顔を見せ、

「それで、大黒屋はお金の事は知らないと言ったんですね。ほじくり返されると後ろに手が回りますからね」

寛政《かんせい》のご改革以来、法で定めた利子以上で金を貸し付ける事は、厳しく禁止されていた。違法者は処断される事になっている。

改革当時制裁を受けた両替商や札差《ふださし》などは、たいへんな痛手を被《こうむ》ったが、もっとも痛い目にあったのは、闇の金貸し業者であった。

以後、あやしげな金貸しは、大っぴらに商いができなくなっていた。

「おかしいと思ってました。店は閑古鳥《かんこどり》が鳴いているのに、なぜお救い小屋まで建てる余裕があったのかと……呉服商は隠れ蓑だったんですね」

藤七はいまいましそうに言い、

「すぐに若い者たちと、捨蔵の居場所を探します」

と、座を立った。

入れ替わりに、金五が苦い顔をして帰ってきた。

「お登勢、取り敢えずは二人とも、しばらく番屋預かりにして貰ったぞ。事件を差配することになった松波孫一郎《まつなみまごいちろう》という与力《よりき》は、俺もよく見知っている御仁でな。吟味役だが、臨機応変に対処できるんだ。事情を話して今少しの猶予《ゆうよ》をもらった。とはいっても松波殿の胸ひとつの話だから、何時までもという訳にはいかぬな。早々に決着をつけなければ、二人の身柄は伝馬町《てんまちょう》に送られる」

金五は北町奉行所の与力松波に会った後で、二人が留め置かれている番屋にも立ち寄ってきたとおくみに言った。

「二人とも元気だったぞ。安心しろ。ただ、向井という浪人は女房の事を心配しておった。それで、橘屋でなんとかするから安心しろと、そう言ってきたんだが、お登勢頼むぞ」

「お任せ下さいませ。向井様が番屋から戻られるまで、お民でもやりましょう」

するとおくみが、膝を進めて言った。

「おかみさん、向井の奥様は私がお世話致します。ご恩になりました奥様の事は、一番私がよくわかっておりますから」

「おくみさん……」

「ですからどうぞ、このおたえの事を、よろしくお願い致します」

その時であった。今まで黙って聞いていたおたえがわっと泣いた。

「おたえ」

おくみはおたえの肩を抱きよせた。おたえは母の胸で幼子のように泣きじゃくり、

「おっかさん、ごめんなさい。私のわがままで、こんなにいろいろ大変なことになってしまって」

「謝るのはおっかさんの方だよ。ごめんよおたえ……でも、もう少しの辛抱だからね、おまえもしっかりして、いいね」

とおくみは言い、自分の袖で娘の涙をそっと拭った。

十四郎がおくみを送って佐内町の向井夫婦が住む裏店に着いたのは、とうに夜半を過ぎていた。

おくみの腕には、お登勢が持たせた弁当が抱き締められていた。

しかし、おとないを入れても返事もなく、向井の家の中は暗闇の中に静まりかえり、人の気配さえないように思われた。

おくみは、はっと十四郎を見て、戸を開けて飛び込んだ。

「奥様、くみでございます」

開けた戸口から差し込む僅かな月明かりを頼りにして、おくみは部屋に上がり、老妻が臥せっている枕辺に寄って、もう一度声を掛けた。だがその声は絶叫に変わった。

「奥様……もし、奥様！」

「おくみ、どうした」

火打ち石で火を熾していた十四郎が駆け寄った。

「塙様、明かりを！」

「待て、今すぐだ」

慌てて十四郎が枕元の行灯《あんどん》に灯を入れると、そこには懐剣で胸を突き、血の海の中で死んでいる老妻の遺骸が目に入った。

「奥様……」

おくみは老妻の遺骸に取りすがった。

「私と伝兵衛が悪いのです。娘のことも、こちらの向井様のことも、すべて十八年前の私たちの勝手な行動が発端です。死ななければならないのは私たちです」

「それは違うぞ、おくみ。今起こっている事柄すべてがお前たちのせいではないぞ。馬鹿な事を言うもんじゃない」

十四郎は老妻の遺骸を布団に直し、その手を組んだ。

向井の妻の痩せた白い手を見つめていると、五年前に亡くなった母のことを思い出した。

あの時も、裏店の侘《わび》しい住まいで、母は死んだ。その夜、たった一人で母の遺体の側に座り続けた十四郎は、物いわぬ母の手を握り締めて朝を迎えた。刻々と冷たくなっていったあの母の手の感触は、今でも忘れたことがない。

父の死も悲しかったが、母の死は、十四郎を文字通り天涯孤独にしたのであった。あの時ほど、血の交わり、家族という意味の重さを味わったことはない。

向井老人も、伏せっているとはいえ妻がいたからこそ気丈に生きてこられたに違いない。老いた者の行く末を考えると、胸が痛んだ。

「向井様には、お知らせした方がよろしいですね」

おくみが、向井の妻の顔を見詰めて言った。

「もう二度と会えないのだ。その方がいい。この人もきっとそれを願っている」

十四郎も向井の妻の顔を見詰めて言った。


「十四郎様、お迎えにあがりました」

待っていた藤七からの使いが来たのは、お登勢の采配で向井の老妻の葬儀を済ませた、その日の夕刻の事だった。

急いで、藤七が張り込んでいるという常盤町《ときわちよう》の路地に向かうと、藤七は物陰に潜んでいて、十四郎が姿を見せると、前の一軒家を目顔《めがお》で差した。

「十四郎様。見たところ隠居の仮住まいのようですが、ところがそうでもないのです」

藤七の言うのには、暖簾も屋号もないこの家に、一人、二人と来客がある。その客たるや、小商人風の男あり、役者くずれあり、魚河岸の人足あり、浪人ありといった、実に様々な者たちだといい、明らかに人目を憚《はばか》っての商いを、ここでやっている証拠だと言った。

「間違いなく鑑札《かんさつ》のない高利貸しです。私の調べたところでは、ここで金を借りたばっかりに、身代まで取られ、首をくくった小商人もいると聞きました。それでも金に困った者たちは、ここに来るしか方法がないのでしょうが」

藤七がそう言った時、格子戸を開けて浪人が出て来、一方へ去った。

「十四郎様、あの客が最後です。中には奴らしかおりません」

「よし、行こう」

十四郎と藤七、それに橘屋の若い者数人で、表と裏、二手に分かれて踏み込んだ。

すると座敷で車座になり、集めた金を勘定していた男たちが驚愕して振り向いた。紛れもなく、あの橘屋にやってきた男たちだった。

「血と汗の滲《にじ》んだその金を、お前たちは」

十四郎の手元から一閃、光が発せられた。一瞬何が起こったのかと男たちは息を呑む……と、金を抱え込んだ男の元結《もとゆい》が、はらりと切れた。

「な、何をしやがる」

男たちの顔に恐怖が走った。その男たちを藤七たちがぐるりと囲む。

「お、お前は」

「忘れてはいないようだな。橘屋の者だ。聞きたいことがある。一緒に来てもらおうか……」

と十四郎は見渡して、

「捨蔵はどうした、どこにいる」

「こ、ここにはいねえ。いったい、何の用だ」

「証言してほしい事がある。煮売り屋の伝兵衛のことだ」

「伝兵衛……知らねえよ。なあ、聞いたこともねえ名前だぜ」

男は、仲間に同意を求めるように言い、せせら笑った。

「嘘をつくんじゃない」

十四郎はその男の胸倉を摑み、男が懐に呑んでいた匕首を引き抜くと、その首に突き付けた。

「や、やめろ」

「真面目に返事をするんだな。でないと腕一本、足一本失う事になるぞ」

「そ、そんな事していいのかよ、御用宿は……人を傷つけてもいいのかよ」

「いいんだ。これは脅しじゃあないぞ。俺は本気だ。お前たちは伝兵衛が大黒屋に娘を売り渡した時、仲介料として十五両をぶん捕《ど》った」

「……」

「それで間違いないんだろ？」

「……」

「どっちなんだ！」

「知らねえ、知るもんか」

「そうか、じゃあしようがないな。藤七、この者たちを番屋に連れていけ」

十四郎は険しい目で男たちを睨みつけた。

八

数日後、十四郎は築地《つきじ》の、さる屋敷の前に立っていた。

「こちらでございます。世に『浴恩園《よくおんえん》』と称されておりまする」

十四郎をここまで導いてきた若党が、門前で説明した。

「浴恩園？」

「はい。当家の下屋敷でございますが、主は隠居の身でございまして、ほとんどこちらで過ごされておりまする」

若党はそう言うと、先にたって門を潜った。十四郎も後に続いた。

勧められるままに式台《しきだい》に上がり、長い廊下を渡ると、そこには美麗で壮大な庭に、湖かと見紛《みまが》うばかりの大きな池が広がっていた。

十四郎はそれらを一望できる、広い客間に通された。

浴恩園——と呼ぶからには、この屋敷に住まいするのは、元幕閣の上席にいた、あの松平定信《まつだいらさだのぶ》ではないのか。

俄《にわ》かに十四郎は緊張した。

しかし何故、自分がここに呼ばれたのか納得できかねていた。

思えば、大黒屋儀兵衛の裏稼業をつきとめて、そこに巣くうごろつきどもを番屋に突き出したまでは良かったが、北町与力松波の厳しい詮議にも、男たちは頑《がん》として口を割らず、大黒屋も一貫して闇の稼業を否定した。

常盤町のあの町屋も、松波が踏み込んだ時にはもう、引き払った後だったと聞いている。

しかも、捨蔵の行方は摑めず、これではどちらが嘘をついているのか証拠固めが出来ぬまま、奉行所も手をこまねいていた。

ただ幸いにして、松波のはからいで、捕らえられていた伝兵衛と向井老人は、証拠不十分ということで家に帰されてきた。

お登勢は業《ごう》を煮やして大黒屋を呼び出すよう金五に助言し、金五は慶光寺から正式の差し紙を大黒屋に送り付けた。

しかし、大黒屋は差し紙を無視したばかりかどこからか手を回し、奉行所に圧力をかけ、全てはでっち上げだとして一切は不問に付すという結果となった。

「圧力をかけたのは、寺社奉行でもなければ、松波の上司の町奉行でもないぞ。もっと上の人間だ。愚弄した話だ、まったく」

金五は怒った。

これでおたえの一件も、寺入りして二年の修行を積み離縁が叶ったとしても、非はおたえにあったとされ、多額の手切金を要求されるかもしれぬ。

前の女房おちかの証言も、このような状況下では一蹴《いっしゅう》されるに違いない。そればかりか、おちかの命も危なくなってきた。ことは全て手詰まりになっていた。

そんなときに、この屋敷に呼ばれたのである。

かつて定信は老中首座、幕閣《ばっかく》の頂点にいた人である。

十一代将軍が家斉《いえなり》と決まった時、将軍はまだ十五歳、定信も老中となるのだが、改革に道を付けたのは二年後だった。旧来の派閥を一掃するのに、それだけ時間がかかったという事だ。

そうして家斉十七歳の折に、定信は老中の頂点に上り詰め、寛政の改革を断行したが、その職を辞してからもうずいぶんになる筈だ。

ただ、定信がいまだに幕政に多大な影響力を持っているという事は世の周知するところであり、だからこそ田沼《たぬま》の残党一派の間には、ひそかに反発する者もいると聞いている。

しかし十四郎にしてみれば、そのような幕閣の長にいた人など、まったくもって無縁の人だと言ってよい。

「おなりでござりまする」

廊下に蹲った用人体の老家士が主の到来を告げた。

すると、廊下に軽快な足音がたった。

十四郎は平伏した。

「楽翁《らくおう》だ。よく参られた」

張りのある声が、着流しの裾を払って、床前に着座した。

「恐れ入ります」

まずは手をついて挨拶をした。

「遠慮はいらぬ。ちこう」

「はっ」

十四郎が顔を起こすと、そこには微笑をたたえた楽翁が脇息《きょうそく》に肘を託し、十四郎を見詰めていた。

黒くて澄んだ、鋭敏な目の色だった。

年の頃は六十前後かと思われる。文武を貴《たっと》び、自身も実践したと聞いていたが、なるほど筋骨も逞《たくま》しく、顔の色艶もよく、目鼻立ちの整った、さすがに八代将軍吉宗《よしむね》の孫だけあって品格の良さが窺えた。

「十四郎、小名木川での一件、礼を申すぞ。見事な太刀捌きであった」

十四郎ははっと楽翁を見た。

——まさか、あの晩助けた駕籠の主が楽翁だったとは。

「何を驚いた顔をしておるのじゃ」

「はっ、ご無事でなによりでござりました」

「隠居の身だと申しておるのに、いつまでも騒がしくて困っておる」

楽翁は苦笑し、

「御用宿の方は苦戦しているようじゃな」

と言ったのである。

――なぜ俺が橘屋に勤めていることを知っている。

十四郎が目を丸くして見返すと、

「橘屋にはわしが紹介した。お登勢は、いい人を紹介してくれたと喜んでいたぞ」

――そうだったのか。御用宿に推薦してくれたのは、楽翁だったのか。

そういえば定信は、寛政の改革に着手した折り、徹底して役人や藩主の動き、町人百姓の暮らしまで、つぶさに調査をしたといわれている。

定信が隠密をつかったという話は有名だが、正確を期するために、放った隠密の監視にさらに隠密を放つといった徹底ぶりは、小さな藩で育った十四郎でも噂として聞いていた。

だとすれば、自分が小名木川で定信を救ったその時から、十四郎にも隠密がつき、瞬く間に十四郎の過去は報告されていた事になる。その結果、定信はお登勢に十四郎を推薦してくれたという事だろう。

　そこまで考えて、いつぞや橘屋の前に塗り駕籠が止まり、おとないも入れず暖簾をくぐったのは、いま目の前にいる楽翁だったのかと、改めて顔を見た。

　楽翁は、混乱している十四郎の顔をおもしろそうに見つめ返した。

「やっと謎が解けたようだの」

　楽翁は笑った。

「はっ……恐れいりまする」

「慶光寺は、爺さま所縁《ゆかり》の寺だからの、それに今の禅尼、万寿院《まんじゆいん》様との繋がりも少々あってな、放ってはおけぬ。お登勢ともそういう事で懇意にしておる。そこでじゃ、十四郎」

　楽翁は一転して厳しい顔をむけた。

「大黒屋の一件、遠慮なく成敗《せいばい》いたせ」

「しかし……」

「案ずるな。なぜ横槍を入れられたか、その構図が分かった。大黒屋は、数寄屋《すきや》頭《がしら》の宗林《そうりん》を使い幕閣の一人にとりいった。賄賂《まいない》で動かしたのだろうが、そちらはこっちでけじめをつける。今日来てもらったのは、その話だ」

「思いがけないご助力を賜りました」

「今後ともよしなにな。期待しているぞ」

十四郎は苦笑して頭を掻いた。

「何を困った顔をしておるのだ」

「拙者は浪人の身でござるゆえ、ご期待には沿えかねまする」

「堅いことを申すな。仕事の話だけではないぞ。碁を打ち、草木を愛《め》でる相手を時々頼めぬものかと思ってな」

「不調法者《ぶちようほうもの》でございます」

楽翁は笑った。声を出して笑った後、

「好きに致せ」

「有り難き幸せ」

「だが……」

と楽翁は、今後も御用宿の始末は自分が引き受ける。だから恐れず、事件の解決に当たるようにと言ったのである。

「それはようございました。私は楽翁様が十四郎様に会って下さるのを待っておりました。これで楽翁様とのことを内緒にしなくてよくなりましたからね」

お登勢は浴恩園から戻ってきた十四郎を、前だれで手を拭きながら、縁側で出迎えた。庭では常吉《つねきち》が庭木の根元を掘り起こしていた。常吉は近隣の百姓で、毎朝橘屋に野菜を運んでくるが、時には今日のようにお登勢の手伝いもしてくれる重宝な男であった。

「知っていたんだろう、俺が浴恩園に呼ばれたのを……人が悪いぞ」

「いいじゃありませんか。なにしろ十四郎様は、楽翁様のお気に入りなんですから」

お登勢は常吉の方に顔を向けて、ふふっと笑った。

「俺は窮屈なのは性《しょう》に合わぬ」

「はいはい、分かりました。すぐ終わりますから、ちょっとお待ち下さいませ」

お登勢は帯に挟んでいた手ぬぐいを引き抜くと、銀粉を撒いたように光っていた襟足の汗を押さえた。

「しかし、どうしたのだ、この臭いは」

今吹いた風が異様な臭いを運んできて、十四郎は鼻を摘まんだ。一帯に腐った臭いが充満してきた。

「堆肥《たいひ》をやっているんですよ。今日は常吉さんがお魚のクズをたくさん貰ってきてくれましたから。お魚のはらわたとかね、少し腐りかけたものもありますから、それで臭いがしているんです。でもこうしておくと、庭木がよく育つんですよ。花の付き方だって違うんです」

お登勢は、鍬《くわ》で木の根元を掘っている常吉を見て言った。

「ほう……」

十四郎は庭に下りた。

「そんなに深く穴を掘るのか」

近付いて穴を覗くと、

「旦那、深く掘っておかねえと、犬猫が寄ってきてたいへんなんですよ」

常吉は顔も向けず、鍬を振り下ろしながら言った。

「犬猫が来るのか……」

「へい、でも深く掘って埋めれば大丈夫で。今年は少し遅くなったんですがね。こうしておけば、花も葉っぱも色艶が全然違います」

「そうか……犬猫が来るのか」

十四郎は、険しい目で常吉が掘る穴を見詰めていたが、

「お登勢殿、一気に、決着がつけられるやもしれぬぞ」

と顔を上げた。

九

夕闇が迫る頃、十四郎は藤七と橋屋を出発した。

「十四郎様、見て下さい。なかなかの堂々ぶりでございます」

藤七が笑いながら、引き連れている野良犬に目を落とした。

犬は橋屋の若い衆にお登勢がいいつけて、急遽《きゅうきょ》どこからか捕らえてきた雄犬だった。初めは怯えていた雄犬も、餌を与えられたその後は、すっかり従順な下僕となっていた。

「ひと働きして貰わねばならぬからな、おい、頼むぞ」

十四郎が話しかけると、犬は嬉しそうに尾を振った。

「藤七……」

十四郎は大黒屋の店先まで来て立ち止まった。

店は早々に閉めたのか、軒提灯が固く閉ざした板戸を照らしていた。

「手筈どおりに、いいな」

十四郎は藤七に言い置いて、一人で店に近付いた。

戸を叩くと、くぐり戸を開けて、番頭の和助が首だけ突き出して、誰かと聞いて驚いた。

「儀兵衛はいるか」

言うより早く、十四郎は和助を押し込むようにして店に入った。

大黒屋は高《たか》を括《くく》っていたらしく、十四郎の突然の訪問に渋い顔をしてみせたが、奥の座敷に案内した。

「みごとに咲いたな、紅梅が……」

十四郎はまず庭の梅の木に目を遣《や》ってから、後ろに立っている大黒屋を振り返った。

この前は固い蕾がまだ多く残っていたが、今日は夕闇の中に可憐な花弁を広げていた。満開だった。

だが大黒屋はそれには答えず、荒々しい足取りで座敷に入った。このまま帰れといわんばかりの態度である。

十四郎は平然と腰を据えた。

「さて、大黒屋。他でもない。お前はいろいろと策を弄《ろう》して、お内儀のことも、裏稼業のことも、闇に葬るつもりだろうがそうはいかぬぞ。状況が変わった」

汚い手口はもはや露見していると言い渡した。

「旦那、何を言っているのか分かっているのかね」

薄笑いを浮かべて聞いていた大黒屋が、射るような目を向けた。

「なにもかも、もう白を切れぬと申しておるのだ」

「さあ、それはどうでしょうか」

「お前は、人を殺している」

「何を言うのかと思ったら……旦那、人には言っていい事と悪い事がございますよ。わたしがいつ人を殺したというんだね」

「おちかの前と、その前の女房を殺したろう?」

大黒屋は笑った。笑ったがすぐにその笑いをひっこめて、ぎらぎらとした目を向けた。

「どこにそんな証拠《あかし》があるんです?」

「証拠か……証拠は、あの紅梅の木の下にある」

十四郎は、庭に立つ紅梅の木を顎でしゃくった。

「冗談もほどほどに願います」

「違うと言うのか」

「こちらまで頭がおかしくなって参りますよ。お話になりませんな。これ以上因縁をつけるのなら、この大黒屋、黙ってお帰しする訳にはまいりません」

「話にならぬのはおまえの方だ。藤七！」

十四郎が叫ぶと直ぐに、庭に野良犬を連れた藤七が現れた。

「な、何の真似だね……その犬はどうした」

大黒屋は、あたふたと縁側に走り出た。

「行け」

藤七が犬を放した。

犬は、うなり声を上げ、猛然と紅梅の木の下に走りより、脇目も振らず狂乱したように根元の土を掘り始めた。

「止めろ、止めさせろ」

大黒屋は青くなって、廊下を右に左にカニ歩きしていたが、思い付いて客間に走り、手文庫を摑んで戻ると、廊下から犬めがけて投げ付けた。

キャン——犬は背中に一撃を受けて庭の隅に逃げ込んだ。だが、そこで四肢を踏ん張るや、大黒屋に向かって激しく吠えた。

「紅梅の木の下に、お前の前の女房たちが埋まっている。お前が殺して埋めたのだ。だからお前は必要以上に犬猫を嫌って追っ払った。なんなら根元を掘ってみてもいいぞ」

十四郎が言い終わるや、

「捨蔵、皆、出てきなさい！」

大黒屋が絶叫した。

一瞬にして十四郎は、浪人二人と、あの頬に傷のある捨蔵と、それに手下ども数人に囲まれた。

「手回しがいいな、大黒屋」

「こうなったからには……みんな、構わないから殺《や》っておしまい」

大黒屋が顎をしゃくった。

同時に、十四郎は庭に走った。

すぐさま、背後から風を切る白刃が襲ってきた。

襲って来たのは猪豚《いのぶた》のような浪人だった。

十四郎は振り向きざま、体を捻って猪豚の剣を跳ね上げた。

「問答無用」

体を立て直し、庭の紅梅を背に、正眼の構えで立つ。

小野《おの》派一刀《いっとう》流の流れを汲む『流星切落《りゅうせいきりおとし》』の構えである。

暗天に突然流れる流星を切り落とすがごとく、襲ってきた刃を一瞬のうちに切り落とし、その刃で相手の急所を斬って、突く。

伊沢道場で免許皆伝となった十四郎ならではの剣だった。

果たして、

「ややっ、姿が見えぬ」

猪豚が呻《うめ》き、瞬く間に汗を流し始めたのである。

「何をしている。斬れ」

大黒屋が頓着《とんちゃく》なくまた叫んだ。

すると、両端から浪人二人が交差するように飛び込んできた。捨て身だった。

十四郎は少しも動かず、二人の剣を右に左に跳ね返し、その刀で一方の浪人の顔を縦に割り、猪豚の浪人の腹を横一文字に斬り薙いだ。

二人の血が、パーッと闇夜に散り咲いて、紅梅を一層赤く染め上げた。

「無駄なことは止めろ。匕首を捨てて去れ」

十四郎は呆然と立つ捨蔵たちに言い放った。

捨蔵たちは大黒屋を見て、そして仲間同士で頷き合ったと思ったら、次々と匕首を捨てた。

大黒屋は……と振り仰ぐと、慌てて店の方へ走っていった。

だがすぐに、金五に抜き身を突き付けられて戻ってきた。

「金五」

「十四郎、お登勢から聞いた。大事ないとは思ったが……終わったようだな」

いかにも残念そうに見渡して言い、目を大黒屋に戻すと宣告した。

「まもなく、北町奉行所も出向いて参る。神妙に致せ」

数日後のこと、お登勢、十四郎、そして藤七が見守る中、金五が牢内にいる大黒屋に爪印《つめいん》を押させた離縁状が、おたえの手に渡された。

「おっかさん、おとっつあん」

おたえは迎えに来た伝兵衛とおくみに飛びついた。

「ほんとうに皆様のお陰でございます。ありがとうございました」

おたえを両脇から抱き抱えるようにして、伝兵衛とおくみは帰っていった。

十四郎の勘が当たって、大黒屋の庭からは二つの遺体が発見され、大黒屋は闕《けっ》所《しょ》、儀兵衛は死罪となった。

橘屋は大黒屋の闕所金から離縁仲介料として十両を手に入れた。

おたえには宿泊料一両足らずが請求されるが、これは今後、おたえの働きから受け取る約定を交わしている。

大黒屋からおたえへの慰撫料については、おたえが大黒屋で暮らした期間がわずか三月であったため、これはなしという事だった。

奉行所のはからいによって、品川の女郎おちかにも闕所金の中からなにがしかの金が手渡され、おちかは飲み屋でも始めるという。

「これでは儲けにはならぬのではないか」

十四郎は三ツ屋の二階で、金五と酒を酌み交わしながら聞いた。

お登勢は十四郎に仕事料の三両を支払ったばかりでなく、金五にも一両の慰労金を手渡していた。

「お登勢は気を遣いすぎる嫌いがある。俺などに遠慮は無用なのだが、ずっとそうなのだ。ただ、慶光寺の賄いはむろんの事だが、橘屋にも幕府の御用機関として相応の金はおりている筈だ。お前は遠慮せずともよいのだ」

金五は言い、頬をゆるめた。一件落着した安堵が見える。

「そうか……いや、すまぬ」

十四郎は苦笑した。

「どうだ、このまま町へ出るか？……いい女がいるところを知っているぞ」

金五はすっかり出来上がって、これから繰り出す算段である。

「いや、よそう……久し振りにゆっくりと眠りたい」

「そうか……そうだな。次とするか。それじゃあお先に」

金五は上機嫌で帰っていった。

しばらくして十四郎も腰を上げた。

するとと、階段を上る足音がしたと思ったら、お登勢がひょいと現れた。お登勢は紫の風呂敷包みを抱えていた。

「あら、近藤様はお帰りになられたのですね」

「たった今だ。表で会わなかったのか？」

お登勢は袖を口に当ててくすくすと笑った後、

「実は、近藤様がお帰りになるのを下の帳場で待っておりました。あのお方は一件落着すると、必ずどこかへ出かけられます」

と言い、十四郎の前に座ると、紫の包みを解いた。

「私が作らせました。着た切り雀では見ている方が辛《つろ》うございます」

風呂敷の中には、細い縦縞模様の小袖一枚、襦袢一枚が入っていた。

「これは……」

「さあ、お立ちになって、この着物をあててごらんなさいませ」

「う、うむ」

思いがけない成り行きに、十四郎はお登勢に言われるままに、背筋を伸ばしてそこに立った。

後ろからふんわりと柔らかい布が十四郎の肩に掛かった。

その感触が女の肌をまとったような、そんな気がして、十四郎は一瞬身を固くした。

お登勢は屈託なく、前にまわり、後ろにまわりして、ためつすがめつした揚げ句、

「とてもよくお似合いです」

と満足げに頷いた。

「お登勢殿、すまぬな」

「嫌ですよ、他人行儀な……でもわたくし、男の方の仕立てを頼んだのは久し振りでした」

「どうだ。これから何か美味いものでも食いにいくか。俺が馳走するぞ」

「ほんとですか」

　お登勢の顔が娘のように輝いた。

「この、着物のお礼だ。行かぬか」

「参ります。ご一緒します」

　二人は永代橋に出た。まだ宵の口とあって人の往来も多く、二人はどちらともなしに橋の中ほどに来て立ち止まり、欄干に手を置いて、ぼんぼりをつけて行き交う船を眺めていた。

「しかし、何だな。向井の老人は気の毒だったたな」

「大丈夫ですよ。長屋の皆さんも放ってはおきません。それに、伝兵衛さんたちも目と鼻の先に住んでいますもの」

「うむ」

「それより十四郎様。おたえさん、清吉さんといずれは一緒になるようですよ」

「それはよかった」

「ほんとうに……おたえさんにはまだまだ幸せを摑んでほしいもの……女の幸せは、好いたお方に愛されることですもの」

お登勢の顔には、十四郎に今まで見せたことのない、女の孤独が揺れていた。

第二話　鬼の棲家《すみか》

一

「そなたが、塙十四郎と申す者か」

涼やかな声が、平伏している十四郎に呼び掛けた。

「さようにございまする。よろしく、お見知りおき下さいませ」

顔を上げると、白い小袖の上に紫の法衣を纏《まと》い、白絹の布を被った禅尼がじっとこちらを見詰めていた。

前十代将軍家治《いえはる》の側室お万《まん》の方、落飾《らくしょく》して名を万寿院と改めた慶光寺の主である。まもなく五十の声を聞くはずだと金五から聞いていたが、十四郎の目には、四十路に入ったばかりに見えた。

万寿院が書院に入室した折に流れたかすかな薫香《くんこう》、白桃のような肌の色、着衣からかもしだされる清廉《せいれん》さ、それらは町場の女にはない色香であった。

実はこの日、お久《ひさ》という女が二年の修行を終え、寺から橋屋に下げ渡しとなる日であった。

従来ならお登勢一人で用が足せる話なのだが、金五のはからいで万寿院と対面することとなり、つい先刻、十四郎はお登勢に連れられて、慶光寺の石橋を渡って来たところであった。

そのお登勢も、今日は銀鼠《ぎんねず》の地色にはらりと桜の花弁を裾に散らしただけの小袖の上に、黒紅色の幅広の帯を締めていた。

場所柄をわきまえた慎ましやかな支度であった。だが、万寿院と相対すると、これが、互いに互いを際立たせていて妙である。

「出自は築山藩と聞いているが、お父上の名はなんと申される」

万寿院が紫の袖を脇息にふわりと載せて、十四郎に聞いた。

「利左衛門《りざえもん》と申します。したが、父も母も、すでに鬼籍《きせき》に入りましてございまする」

ほう……と見た万寿院の目が、一瞬光ったように見えた。

「塙殿、橘屋のお登勢は昔わたくしの側にいた者の娘です。なにかと苦労の多い仕事だと聞いておりますが、よしなに頼みます」

「一心に勤めまする」

男子禁制の場に踏み込んだという緊張感が、つい改まった口調となる。

「万寿院様、十四郎様にはすでにご助力を頂きました」

側からお登勢が報告すると、万寿院は目を細めて頷いた。

「それは上々……。近藤殿から聞きましたが、剣術も神田の道場では師範代を務めていたとか……お登勢、頼もしい限りじゃな」

「はい。私も藤七も、心強く思っております」

「そうじゃ。次に参った折には、わたくしの点前《てまえ》でお抹茶を進ぜようと思うがどうじゃ」

万寿院は膝を打って、身を乗り出すように十四郎を見た。

「あの、みどもは、お茶の作法などいっこうに存じませぬゆえ」

「お茶は、おいしく頂ければそれでよい。それとお登勢、茶の湯は覚えておいて損はあるまい。十四郎殿に少し手解《てほど》きをしてみてはいかがであろう」

「承知致しました」

お登勢は楽しそうに十四郎を見た。すると金五が横から言った。

「万寿院様、私にも是非、ご相伴《しょうばん》を……」

「おお、そうであった。近藤殿もご一緒にな」

「は、ありがとうございまする。いやー、久し振りでござる、万寿院様のお点前を拝見できるのは。楽しみに致しております」

金五はよほど嬉しかったのか、顔を上げるや胸を張った。

一瞬にして座は和《なご》やかな雰囲気に包まれた。


「しかし何故だ？」

書院を辞してすぐに、金五は十四郎に顔を向けた。

「なんの事だ」

「いや、お登勢も知っているが、前任者には万寿院様は一度もお茶を賜ったことはない。その前の御仁にもだ。なぜ十四郎にだけお誘いをかける」

「それはきっと、十四郎様のことをお気に召されたからです」

「この男はいつもそうだった。俺からみればなぜという気がするんだ。お登勢、俺と十四郎と、どっちに心をそそられる？」

お登勢はわざと大袈裟に首をかしげて、

「私は、いずれも頼もしいお方だと存じております」

「お登勢はぬかりがないからな。いや、聞くほうがまちがっていた。それにしてもおれも久し振りでお茶を頂ける」

　金五はまた嬉しそうに肩を揺すった。

　三人は玉砂利を踏み締めながら、茶の湯の作法の話に花を咲かせた。

　下げ渡しとなるお久は、金五が詰める寺務所の中で、風呂敷包み一つを抱いて三人を待っていた。

　寺務所は寺の正門を入ってすぐの左手に設けてあり、手代二人が金五の手下となって詰めていた。

「長い間お世話になりました。ありがとうございました」

　お久は、金五とお登勢に深々と頭を下げた。

　年は三十歳と聞いているが、板間についた手の置き具合、頭の下げ方、腰の折り方まで寺内での修行の成果が見てとれた。

　金五は十四郎を紹介してから、かねてよりお久の夫から受けていた離縁状を書類箱から取り上げて、お久を前に座らせて読み上げた。

離縁状
其方儀、不縁ニ付、離別致シ候、向後《こうご》何方《いずかた》へ縁付候共、少モ構無《かまいなく》御座候、依《よっ》て去状件《さりじょうくだん》ノ如《ごとし》。

小石川御箪笥町　与兵衛

久殿

お久は目を落として聞いていたが、金五が読み終わると神妙に頭を下げた。

長い年月を外と隔絶された寺の内で、ひたすら離縁を願って修行を積んだ女の満願成就。嬉しい筈だが、お久はかたく口を引き結んで複雑な表情を浮かべていた。

金五は離縁状を二つに折って、お久の掌《て》に載せた。

「お久、良かったな。今度こそ幸せにならねばの。この書状は、どんなことがあってもなくしてはならぬ。おまえが再婚したいと言った時、これがなければ叶わぬからな」

ふっとお久は寂しげな笑みをみせた。

「近藤様、もう男の人はこりごりです」

「そうか、懲り懲りか……」

金五は笑って、

「それから、言うまでもないが、寺入りの時に橘屋から用立てて貰った金は、三ツ屋で働いて返せばよい。お登勢は悪いようにはせぬ。いいな」

「ありがとうございます。お登勢様、よろしくお願い致します」

「こちらこそ……三ツ屋の皆さんも心待ちにしていますよ。きちんと働いて頂ければ、すぐに親御さんのもとに帰れますからね。むこうにはお嬢ちゃんも待っているでしょうし、頑張って……」

お登勢がお久の娘の話をした途端、お久の目から涙が溢れた。

「お久さん、ごめんなさいね。わたし、余計なことを言ってしまって」

「いいえ。お登勢様には感謝しています。ただ、できれば娘に一目、会うことはできないでしょうか。ええ、ほんの一目、あの子に会って抱き締めてやりたいのです」

「分かりました。今日はいったん三ツ屋に入っていただきますが、近いうちにお会いなさい。お店の方に相談してみます」

「ありがとうございます。ほんの一刻でいいのです」

お久はお登勢の手を取るようにして頭を下げた。

二

「お登勢殿、お久が戻ってこないと聞いたが、本当か?」

十四郎が子狸の万吉から呼び出しを受け三ツ屋に走ると、お登勢は帳場で三ツ屋の帳簿を任せているお松《まつ》と話し込んでいた。

「ええ、今朝方藤七を親元の押上《おしあげ》村までやりましたから、戻ってくればもう少し詳しいことが分かるのですが……」

「お久は押上村の者だったのか」

「両親が押上村にいます。でもお久さんは小石川《こいしかわ》に出て、一人暮らしをしながら茶屋勤めをしていたんです。そこで当時まだ大工の出職《でしょく》だった与兵衛さんと恋仲になって所帯を持ったと聞いています」

「うむ……で、親元に帰ったのはいつの事だ」

「三日前です。お登勢様のご厚意でお暇を頂いたのに、まったく、こんな事をされたら私たちも困ります」

　お松はそういうと溜め息をついた。

「その時、何か変わった事はなかったのか？」

「ありません。お久さんは娘さんに会えるのもお登勢様のお陰だって喜んでいましたし、娘さんに会ったらすぐに戻りますからって……それで私たちはお登勢様から言いつけられておりました折弁当を御土産に持たせて帰って貰ったんですよ。私たちはてっきりその日のうちに戻ってくるものと思っていました。ところが一日たっても二日たっても戻ってきやしないんですよ。それでお登勢様にお知らせしたんです」

「向こうで何かあったのかもしれんな」

「それなんですけどね」

　お登勢は十四郎に暗い顔を向けた。

　お登勢の話によれば、お久が慶光寺に入ったのは、亭主の与兵衛が、まれにみる執拗な性格で、絶対別れてやるものかとお久に付きまとったからだという。

　お久は慶光寺に入る前には、ある小料理屋に娘を連れて住み込んでいた。ところが毎日与兵衛が小料理屋の前で見張っている。

お久はもう口もききたくないという状態だったものだから、与兵衛はお久の朋《ほう》輩《ばい》にまで頼み込んで『別れられるものなら別れてみろ。お前を殺して俺も死ぬ』などと文まで書き送ってくる。

とうとうお久は恐ろしくなって、慶光寺に駆け込んだ。

それでも与兵衛はしばらくの間、慶光寺や橘屋の前で朝から晩まで立っていた。姿が見えなくなったのは、三月もたってからである。

「そういう人だから、お上の力で縁を切ったとはいえ油断はできない状態でした。迂《う》闊《かつ》でした。藤七を一緒にやればよかったと思っています」

「離縁状の印をとってきたのは金五だったろ？……その時の亭主の様子はどんな具合だったのだ」

「あの時は藤七も一緒でした。藤七の話ですと、与兵衛さんは見るかげもなく落ちぶれて、ずいぶん弱気になっていたと言ってました。お久さんと一緒にいた頃は間口二間《けん》の店を構えて、棟梁《とうりよう》として立派に仕事をこなしていたらしいのですが……」

「いったい離縁の原因は何だ」

お久夫婦の離縁のもつれを聞いているうちに疑問が湧いた。

好きな者同士が所帯をもって、商いも順調だった。子宝にも恵まれて、はたから見れば幸せな夫婦だった筈だ。

それがどういう理由で離縁にまで発展したのか。それに今またお久がなぜ、三ツ屋に帰ってこないのか、十四郎には見当もつかなかった。

「原因は女ですよ」

お登勢はお松が入れた茶を十四郎に勧めながら、眉をひそめた。

「女……与兵衛に女がいたのか」

お登勢は頷いた。

三年前、与兵衛はさる旗本《はたもと》の離れを増築したが、その時の縁で旗本屋敷に足しげく出入りするようになった。それは、増築の手間賃をもらった後も続いていた。

お久はすべて、商いに繫がる男のつきあいだぐらいに考えていたところ、ある日、お久の知らない化粧の匂いが与兵衛の体についていた。

お久の頭に血が上った。

与兵衛は旗本の屋敷にいくと嘘をついて、きっとどこかで浮気をしているに違いない。お久は、そう考えたのである。

そこで与兵衛を問い詰めてみると、与兵衛はあっさり女がいると白状した。しかし白状したが、女は俺だけの女じゃない。普請《ふしん》に関わった左官や建具《たてぐ》屋や畳屋などと共同で若い女を囲っていると、そう言ったのである。

「十四郎様はご存じかどうか。今流行《はや》っている『半囲《はんがこ》い』だったらしいんです、その女は」

「半囲い？」

「ええ、余裕のあるお武家や大店の旦那方は堂々と妾宅《しょうたく》を構えて、女を囲っていられますけど、お金に余裕のない御家人や町場の者は、数人で一人の女を囲うんです。相手は若い女の場合もありますが、中には所帯を持った女たちもいるらしいんです。いずれもまったくのしろうとの娘さんや女房たちだというのですから……」

「親や亭主に知れたらどうするんだ」

「それが、逢引する場所が、一人ものの女なら、皆でお金を出し合ってしもた屋を借りまして、そこに囲ってかわりばんこに通うのです。所帯持ちの女が半囲いになった場合は、その時々で茶屋や船宿を利用していると聞いています。橘屋にも半囲いを解消したいと駆け込んで来た女もいるぐらいですから、近頃世の中どうかしてます」

「お久の亭主の場合は、その、通う場所が旗本屋敷だったたっていう訳だな」

「ええ、私は旗本屋敷で女たちを斡旋《あっせん》していたんじゃないかと考えているんです。まあ、いずれにしても半囲いの女たちは、自分が妾だとか囲われ者だとか、そんな感覚はありませんから。てっとり早くお金になる。そんな感じです」

お久は厳しく与兵衛をなじったが、与兵衛はこれも次の仕事に繋ぐためだと言い訳した。

むろんお久が承知できる筈はない。しかもこの頃、娘の養育のためにコツコツ蓄えてきたものまで、与兵衛はすべて持ち出していた。

与兵衛は女を抱いた後、中間《ちゅうげん》部屋で博打《ばくち》もやっていたのである。

もはや自分が乗り込んで、相手の首根っこを摑まえて談判するしか方法はない。

お久は思い詰めて与兵衛の後をつけ、旗本屋敷に忍びこんだ。

だが、そこでお久が見たものは、到底我慢のならない光景だった。

それが離縁を決定づけたのだとお登勢は言った。

「何を見たんだ？」

「お久さんは屋敷に入ってすぐに捕まってしまったんですよ。そのお屋敷の中間に……で、後ろ手に縛られて、与兵衛さんが女と会っているお長屋に連れていかれたんです」

「何……」

「中間は与兵衛さんに言ったそうです。貸した金をチャラにしてやる。女房の目の前でその女を抱け……ひどい話でしょう」

「……」

「与兵衛さんは、賭場に借金が相当あったらしくて、中間に脅されるがままに、お久さんの前でその女を抱いたんですよ」

「……」

「こんなむごい話がありますか……それでね、その日のうちにお久さんは幼い娘さんを連れて家を出たんです。ところが与兵衛さんときたら、逃げた女房が忘れられずに、ずっと、つきまとっていたって訳なんです」

お登勢は一つ一つ思い出す度に、また憤りを覚えたようだ。

「その旗本屋敷の主だが、どこの誰だ」

「下谷《したや》にある一千石のお旗本、波川虎之進《なみかわとらのしん》というお方です」

「どうせ無役で暇を持て余しての事だろう」

「ええ、小普請《こぶしん》組だと聞いています。でも、悔しいじゃないですか。町奉行所の手の届かないところで、こそこそと」

「……」

十四郎が頷くまでもなく、近頃旗本や御家人の起こす事件が多かった。

世の乱れは武家の綱紀《こうき》の乱れからくるという事は、かつての田沼《たぬま》の時代をみれば分かる。その田沼時代の再来かと噂されて久しいが、今、幕閣にこの流れを止める力はないだろう。

そういえば昨日の夜も、大家の八兵衛が回り髪結《かみゆ》いの女房おきちを十四郎の家に連れてきて、亭主の弥三郎《やさぶろう》に意見してやってほしいといってきたが、あの夫婦の揉め事も、たしかどこかの旗本屋敷が原因になっていると言っていた。

十四郎は、俄かに昨夜《ゆうべ》のやりとりを思い出していた。

「ですから、十四郎様、このおきちのいうことには、弥三郎は仕事だといいお屋敷をまわっておりますが、実のところはどこかに女がいるっていうんですよ。わたしはね、二人の仲人でございますから、ほうってはおけないのでございます。ですが、弥三郎の奴は、わたしの言う事などまるっきり聞き入れてくれません。この裏店で弥三郎に意見できるのは、もうお侍の十四郎様だけなんですから」

「そうかな。八兵衛の言う事を聞かぬのに、俺の言う事など聞く訳がないではないか」

「いいえ。この長屋の者は、近頃では十四郎様に一目おいているのでございますよ」

と、おきちが言った。

「俺に？」

「だって、十四郎様は橘屋さんに、御用宿にお勤めになっています。おさとさんだって、おたねさんだって、皆、亭主と揉めたら十四郎様にお願いしようって……」

おきちは八兵衛の話を横から取ると、つんのめるほど顔を突き出して一気にしゃべった。おきちの舌の回るのは長屋では有名だが、ことが亭主の一大事とあって必死である。

「じゃあ聞くが、証拠でもあるのか？」

「ありますよ、旦那。だってね。おきちおきちってあたしがいないと心細そうにしていた亭主がですよ。近頃では背中を向けて寝るんですから」

おきちはそこまで言うと、ふうっと息をして、下を向いた。

おやっと見ると、あの気の強いおきちの目が涙で濡れているではないか。

それでもおきちは気を取り直して、涙声で訴えた。

「あたしのどこかにいけないところがあったのかもしれないって、あたしの方から誘ったこともありますよ。でも、でもね、あの人、邪険な顔して、あたしを睨んだんですよ。そうして、言った言葉が『この、おたふく！』って」

笑うに笑えない話であった。確かにおきちは不器量《ぶきりよう》だ。だが好きで一緒になった亭主に言われたら、おきちでなくても傷つく。

「それにね……」

「それに？」

「いつかは内床の店を出そうねって約束してね、それであたしも料理屋の下働きしてさ、きりつめてきりつめて、あたし、赤ちゃん欲しいのも我慢して、そうしてお金を貯めてたの。そのお金まで手をつけて、八兵衛さんにはお家賃も払えません」

「どうしようもないな、弥三郎は……」

かつては自分も家賃を払えずにいた事を棚に上げ、十四郎は舌打ちした。それを待っていたかのように八兵衛が言った。

「ですから塙様、一度、弥三郎を叱ってやって下さいませ。ええ、わたしがここに連れてきます」

家賃の取り立てに厳しい八兵衛も、この夜ばかりは仏の八兵衛になっていた。

十四郎も八兵衛には義理がある。

「しかし、俺の言う事を聞くかな……」

「聞かなければ、お腰のもので脅してやって下さいませ」

「分かった。そこまで言うのなら、おきち、一度俺の家に連れてこい。亭主が俺の話を聞くか聞かぬかは分からんが、同じ長屋の仲間として話してみよう」

十四郎がそう言うと、おきちは何度も頭を下げて帰っていった。

人ごとではないが、男が人生を狂わすのは色と欲、特に女は魔物である。

名誉や権力を欲しがる者も、結局それをちらつかせて、人もうらやむ多くの女を自分のものにしたいという欲望が根底にある。

金もそうだ。大金をばらまいて女をわが物にする快感は、男なら一度は経験したいと思うだろう。

しかし金も権力も何もない者たちが、そんな夢を追い求めると、最後には三尺高い柱の上に縛られるという事にもなりかねない。

いや、そうならなくても、大切な人生を一瞬にして棒に振る。そのよい例が、お久やおきちの亭主である。

十四郎は、昼過ぎには帰るだろうという藤七を三ツ屋で待った。だが藤七が帰ってきたのは夜になってからだった。

「回り道をしていたものですから、遅くなりました。実は、お久さんの娘さんはおかよちゃんというんですが、お久さんが慶光寺を出たその日の朝に、行方知れずになっています。今日も大騒ぎでございました」

「何、じゃあ、お久は娘に会っていないのか」

「そのようです。お久さんが実家に帰った時にはもう、おかよちゃんはいなかった訳でして、村役人が森や川を探索したようですが見つからず、途方にくれていたようです」

「藤七、まさか与兵衛さんに連れ去られたのではないでしょうね」

「私もおかみさんと同じ事を考えました。たぶんお久さんも同じ事を考えたのだと思います。お久さんは両親に、与兵衛のところに行ってみると、そう言い置いて家を出たらしいのですが、今度はお久さんまで行方知れずになったというんですよ」

「……」

「それで、私も近藤様と離縁証文を取りにいったついでに、与兵衛の住まいに寄ってきました。でも既に引き払った後でした……大家も行き先は知らないようです」

「波川とかいう旗本屋敷は訪ねてみたのか」

「はい。しかし門前払いでした。しばらく張り込んでいたのですが、とにかくおかみさんと十四郎様に報告しなければと思いまして帰って参りました」

「子細は分かった。お登勢殿、どうする?」

「まず近藤様にお願いして町方に届けていただきます。お久さんはこの深川の三ツ屋が住まいですからね。町方にお願いできるところはお願いして、私たちは別の手段で調べましょう。もし、与兵衛さんが嚙んでいれば、これは只ではすまなくなります。橘屋の体面もございますし、ほうってはおけません」

「よし、決まった」

十四郎は腰を上げた。店の外はもうとっぷりと暮れ、夕闇に包まれていた。

三ツ屋にやってくる客筋も、どこかで一杯ひっかけてきた商人たちや、これから憂さでも晴らそうかという武家たちが、暖簾のうちに消えていく。

十四郎は両肩をねじって動かした。同じ場所に長らく座っていたためか、体の節々が固くなっていた。

さて、今日はここまで……と踏み出した時、後ろから十四郎を呼ぶ声がした。

「十四郎様、お待ち下さい」

お登勢であった。

お登勢は足早に追っかけてきて、紙の包みを差し出した。

「お夜食です、お店のものですが、どうぞ」

「いや、すまんないつも」

「いいえ、それより十四郎様、楽翁様がまたお顔を見せてほしいと、そう申されておりました」

「楽翁様が？」

「はい。あれ以来でございましょ」

お登勢は十四郎の心の中を覗き込むような目で聞いた。

そういえば、今は楽翁と名乗る松平定信と、築地の浴恩園で対面してから、もう随分になる。

あの時楽翁から、時折顔を見せるように言われたが、それには断りを入れている。だから以後一度も訪ねてはいなかった。

「有り難いが、苦手なんだ」

十四郎は頭を掻いた。

「まあ……」

お登勢は笑って、じゃあ……と店の方に戻っていった。

お登勢が踵を返したその時に、ほんのいっとき甘い香りが漂った。

それは早春の宵に咲く、あの白梅の香りだった。

三

「どちらさんもようござんすね」

薄暗がりの中間部屋で、壺振り役の中間が、周りに鋭い視線を走らせた。

盆をとりまく客筋は、商人、浪人、木場《きば》の職人、棒手振りに至るまで多彩な顔がそろっている。

その客たちが一斉に目を血走らせ一点を見つめる様は、一種異様な雰囲気である。

半！……丁！……木札が盆の上に載った。

頃合を見て壺が開く。

「四六《しろく》の丁」

途端にどよめきが起こる。

十四郎は、何度も繰り返されるこの光景を、中間部屋の博打場の壁によりかかって、酒をなめ、じっと一同に目を配っていた。

一見するに、十四郎のその姿は、いかにも食い詰め浪人といった態《てい》、まさか橋屋の助っ人だとは思うまい。

十四郎は本日、旗本一千石波川虎之進の用心棒になった。

対面したのは、波川虎之進の妻兼世《かねよ》であった。

兼世は、夫の虎之進は先年から病勝ちで床に伏せっており、家の采配は私が任されているのだと言い、十四郎が用心棒の話を聞いてやってきたというと、すぐに手当ては一日一分、飯酒付きでどうかと聞いた。

「結構、よろしく頼む」

と返事をすると、兼世は十四郎に、日中は兼世の外出の供をして、夜は中間部屋の賭場の監視役を頼むと言った。

十四郎にとって、今夜のこの賭場の用心棒が初仕事であった。

二日前、橘屋の藤七から、お久親子が行方知れずとなったと聞いて、事件解決には是非とも波川の屋敷を調べることが先決だと十四郎は考えた。

しかし、いかなる手段で入り込むか思案していたところ、八兵衛が回り髪結いの弥三郎を連れてきた。

そこで、弥三郎に女房おきちとの不和を質《ただ》してみると、こちらもお久の元亭主与兵衛と同じく、半囲いの女を持っているのだと白状した。

髪結い仲間五人で、月一両ずつ出し合っての半囲い、相手は家出をして両国あたりを遊び歩いていた若い女だと言った。

「家出女なのか、その女は」

「ああ、そうだよ」

弥三郎はこともなげな顔を向け、

「金に困った女はいっぱいいいるよ。そういう女を集めているんだ」

「どこに……」

「だから屋敷に……」

「どこの屋敷だ」

「お旗本の波川様というところです」

と、その時、奇《く》しくも旗本波川の名を挙げたのである。

「何……もしかして、下谷の波川じゃないだろうな」

「旦那、どうして知っているんです？」

「地獄耳だからな、俺は……いいか、悪いことはいわぬ。波川の屋敷に行くのはもう止めろ。でないと今に女房にも離縁され、おまえも借金だらけになって、身ぐるみ剥がされる。そういう人間が出ているんだ」

十四郎は、名は言えぬがと前置きして、与兵衛夫婦の話をした。

やはり弥三郎も博打と女のために、波川の屋敷に出入りしていたようだった。

十四郎と八兵衛は、二人がかりで弥三郎にこんこんと言い聞かせ、証文までとって二度と出入りしないと約束させた。

だがその時、弥三郎の口から、波川の家では用心棒を集めていると聞いたのである。

十四郎が見たところ、この賭場に遊ぶ二、三人がその用心棒かと思われたが、確かに腰に刀を帯びてはいるものの、果たして剣術ができるのかどうか疑わしかった。

それより、集まってくる中間たちに凄味があった。いずれも裾をからげ両足をさらけ出し、渡り中間独特の得体の知れない雰囲気を持っていた。

中でも、色黒のずんぐりとした中間は、波川家の常雇いだと聞いているが、左腕に帯のような火傷の痕を持っており、察するところ一度や二度、伝馬町の牢屋に繋がれた事があるとみた。

その男は熊一《くまいち》と呼ばれていた。

この熊一の手下に彦蔵《ひこぞう》というのがいるが、彦蔵は時折り博打場に姿をみせて、博打に興じる客に耳打ちすると、その客がすっと座を立ち、出ていくのであった。

——彦蔵が、囲い女のお長屋に、客を案内しているに違いない。

十四郎が彦蔵を目で追っていると、熊一が寄ってきた。

「旦那、賭けてみますかい」

「いや、俺は賭けには弱いからいい」

「じゃあ女はいかがです？」

「女？」

「へえ、とびっきりの、若い女たちがごろごろしてますさぁ」

「どこにだ」

「この屋敷に……旦那がその気なら取り持ちますぜ。博打もしねえでこんな所に燻《くすぶ》ってると気が滅入《めい》るんじゃあござんせんか」

「そうだな。この屋敷のうちなら、教えてくれれば覗いてくるか」

熊一は卑屈な笑いを浮かべて、十四郎に耳打ちした。

「なあに、何かあったら知らせますから……どうぞ楽しんできておくんなさい」

「うむ……」

十四郎は賭場を出て、熊一が教えてくれた、屋敷の塀を左手に沿って歩き、奥に連なる長屋に向かった。

暗闇だが、目が慣れてくると、うっすらと灯りの漏れる目当ての長屋が向こうに見えた。

それにしても、足元にまつわる露を含んだ丈の長い雑草が、荒れた邸内を想像させた。

波川や妻の兼世が住まいする母屋からも灯の光は漏れているが、夜目にはずいぶん遠くにあるように見える。

おそらく、この拝領屋敷は八百坪から千坪はあるだろう。波川は無役だと聞いているが、御定法《ごじょうほう》どおり家臣も養い馬も飼うとなると、恐らく家計にも無理が生じているに違いない。

波川は一千石とはいえ、十四郎の調べでは保有している領地が、三年前の川の氾濫《はんらん》で浸食され、あるいは流されて、当地の領民は食うや食わずの生活を送っていると聞く。

そういう状態では、年貢米も通常通り入ってはいまい。

家臣といえる者も若党が二人いるばかりで、後はあやしげなヤクザ紛いの中間ばかりがうろうろしていて、屋敷内が博打場と化すのもうなずける。

しかも女も斡旋しているとなると、屋敷は女郎宿も兼ねているという訳だ。

十四郎が一番手前の長屋の戸に手をかけたその時、数軒向こうの長屋から、二人の男が走り出てきて対峙《たいじ》した。

二人の手に握った刃物が、長屋からこぼれる灯の光に反射してきらめいた。刃物はいずれも匕首のようである。

と、対峙した男の一方が、もう一方の男を威嚇《いかく》した。

「無理を言うんじゃねえ。今日はおめえさんの番じゃねえ」

すると、言われた男が、怯えた声で絶叫した。

「う、薄雲《うすぐも》は俺の女だ。誰にも渡さねえ！」

「悪いことは言わねえ。日を改めな」

どうやら、一人は彦蔵のようである。

で、もう一人は先程まで博打場にいた木場の職人のようだった。

「野郎！」

木場の職人が、背を丸めて彦蔵に突進した。

匕首の叩き合うような音が二度三度、二人は飛びのいてまた対峙した。

薄雲という女だろうか、二人が飛び出して来た長屋の戸口から、緋色の襦袢を着た女が覗いていた。

木場の職人は、その女の方に顔をちらりと向けたと思うと、がむしゃらに彦蔵の胸に飛び込んだ。

命知らずのその勢いで、彦蔵の匕首が闇に飛んだ。

彦蔵は次の瞬間、手首を押さえて、こっちに向かって走ってきた。

「待ちやがれ！」

と職人も追いかけて来る。

「彦蔵、俺に任せろ」

十四郎は走ってきた彦蔵を庇うと、斬り付けてきた職人の腕をねじ上げた。

「放せ！……放しやがれ！」

「兄さん、今日はおとなしく帰りな。俺はここの用心棒でな、おまえの乱暴を許すわけにはいかんのだ」

十四郎は男の腕から匕首を取り上げた。

その時騒ぎを聞きつけたのか、賭場の方から、バタバタと中間仲間が走ってきた。

「旦那、すまねえ、助かった」

「彦蔵、こちらの兄さんもよく分かっている筈だ。このまま帰してやるんだな」

「へい。おい、皆、こやつを叩き出せ」

中間たちは、職人の腕をねじ上げて、裏門の方に歩いていった。

「ところで彦蔵、噂で俺は、ここに玉菊《たまぎく》といういい女がいると聞いてきたんだが、会うのは無理かな。いやなに、話をしたいだけなんだが……」

「おやすいご用で、ご案内しやす」

「そうか、すまんな」

「なんの。俺とした事が危ないところを助けていただき、お礼のしるしです。どうぞごゆっくり……客の誰かが玉菊を望んでも、断っておきやすから」

十四郎は玉菊を探すために、囲われている女一人一人に当たり、聞き出そうと考えていた。だが、ひょんな事から、すんなり会える事となったのである。

「それじゃあ、ごゆっくり」

彦蔵が去ると、十四郎は案内された長屋の戸を引いた。

長屋は本来ならば、屋敷の家来が住むところである。

それが、板間に続く六畳に、若い女が黄表紙《きびょうし》を読みながら、布団の上に寝そべっていた。

「玉菊だな」

十四郎が声を掛けると、女は首だけねじってこちらを見ると、こっくりと頷いた。

「ちょっと話してもいいか」

「いいよ」

女は体を起こして、布団の上に斜めに座った。

その時、緋色の襦袢の裾が割れ、むき出しになった白い足が十四郎の面前に投げ出された。

十四郎は目を逸らして、玉菊に聞いた。

「お前が大工の棟梁与兵衛の半囲いだった女だな」

「そうだけど、与兵衛さんはもうあたしの旦那じゃないよ」

「来ていないのか」

玉菊は頷いた。

「いつから来ていないのだ」

「もうずいぶんになりますけど……」

「そうか……じゃあ、近頃どうしているのか知らないんだな」

「知ってるよ」

「知っている？」

「この間、この屋敷の裏庭で見たんだから……でも、彦蔵さんたちと一緒だったから声も掛けなかったけど」

「間違いないか」

「あたし、与兵衛さんに抱かれていた女だよ」

それもそうだと十四郎は苦笑した。

「それで、どんな様子だったんだ」

「密談って感じかしら……それとも、脅されていたのかも。ねえ、何を調べているの」

「実は、与兵衛を探しているんだ」

十四郎は声を落とした。

「ちょっと待って」

玉菊は立ち上がると、裾を素早くあわせて戸口まで走って行き、戸を開けて外を確かめて戻って来た。

「それとなく調べてみてもいいわよ。そのかわり、あたしをここから連れ出してくれないかしら」

玉菊は十四郎の前に膝を揃えて座り、声を落として真顔で言った。

「あたし、ここの生活にあきちゃった。というよりも、家に帰ってお嫁にだって行きたいし……」

玉菊の話によると、二年前、浅草《あさくさ》で遊んでいたところを、兼世に声を掛けられた。

丁度、遊ぶ金に困っていた玉菊は、兼世から半囲いになれば、小遣いは好きなだけ手に入ると誘惑されたというのである。

確かに初めのうちは、男に抱かれて小遣いを手にすると、屋敷を出て遊ぶことが出来た。

だが近頃では、いつも監視されていて、外には一歩も出られなくなったというのであった。

しかも半囲いならば、数人の男の相手をしていればよかった筈なのに、今は他の男の相手もさせられて、これでは女郎と一緒ではないかと頬を膨らませた。

十四郎からみれば、半囲いも女郎もやっている事はさして変わらないと思うのだが、この若い女の頭の中ではそうではないらしい。

だからもう家に帰って、嫁入りもしてみたい、まっとうな暮らしをしたいなどと言うのだろう。

「しかし大丈夫かな、おまえの身が危なくはないか」

「分かってます。でも、あたしも満更《まんざら》当てもなく言っているんではないんです。うまくやります」

「分かった。約束しよう」

十四郎が頷くと、玉菊は、

「ゆびきりげんまん」

と小指を十四郎の前につきだした。

その指も掌も、ふっくらとして張りのある、まだ少女の跡を残していた。

四

「その、波川様の、奥様……兼世さんですか……お武家の妻女にしては、ずいぶんな事をなさるものですね」

小窓から差す筋状の陽を頼りにして、朱色の襷《たすき》をかけたお登勢は、橘屋特製の漬物を桶から出した。

見渡すと、蔵の中は相当な数の桶や壺が並んでいる。

その桶や壺には仕込んだ月日が表示してあり、お登勢はそれを確認しながら、あっちからこっちから漬物を出す。

橘屋に逗留する客は、駆け込み人ばかりではなくて、禅宗慶光寺と縁のある全国の禅寺の参拝客や、また亡くなった亭主やお登勢と縁のある上方の客も結構多く、漬物は京風にお登勢自らが仕立てあげ、膳に載せているという。

「聞いた話では、兼世は元吉原の安女郎でお兼《かね》という女だったそうだ。虎之進はすっかり骨抜きにされてしまって、親戚一同と縁をきってまで女房に据えたのだと聞いている。ところが虎之進が病に伏せるや、波川の家はすっかり兼世に牛耳《ぎゆうじ》られてしまったのだ」

「だからなんですね。囲いの女に薄雲とか玉菊とか名前をつけて」

「うむ。なかなかしたたかな女のようだな兼世は……博打も女の斡旋も、どうやら兼世の指図らしいんだ」

十四郎は言いながら、漬物の石を、お登勢に替わって桶の蓋の上に載せた。

「ああ、すみません」

「しかし大変だな、宿のおかみも」

「でもね、嬉しいんですよ。皆さんに喜んでいただけるのが」

「俺も馳走になりたいものだ」

「どうぞ、もうすぐお昼ですから、お試しになってみて下さい」

平たい陶器の鉢の上には紫蘇《しそ》で赤く染まったきゅうりやナスビ、昆布漬けにした大根などが載っていた。

蔵を出ると、お民が向こうから走ってきた。

「おかみさん、近藤様がお見えです。ああ、それから、春陽堂《しゆんよう》さんの桜餅買ってきました」

「ありがと。お民ちゃん、これお願いね。それからお昼、十四郎様も召し上がりますから」

お民は漬物の鉢を受け取ると、

「十四郎様、いいところにお見えになりましたね」

と鉢を掲げてにこっと笑うと、軽快な下駄の音を立てながら調理場の方に駆けていった。

十四郎は頭を掻いた。そうしてお民の後ろを目で追いながら、あの玉菊と比べていた。

同じ世代でありながら、一人は大人の汚い世界にどっぷりと漬かり、一人は心も体も純粋な娘のままで、生き生きと働いている。

せめて玉菊もあの屋敷を出た後は、お民のように年相応の生活を送ってほしい。

玉菊ならそれが出来ると信じたい。

今や十四郎は、玉菊が与兵衛の調べをしてもしなくても、きっとあの屋敷から出してやらねばと考えていた。

十四郎がお登勢と二人で帳場に戻ると、金五が苦虫を嚙み潰したような顔をして待っていた。

「金五、どうしたんだ」

「どうもこうも、こっちは町方には口が挟めぬ。だからいらいらしてるんだ。実はな、二人とも知っていると思うが、ここんところ、薬種問屋の『近江屋《おうみ》』と、呉服問屋の『相模屋《さがみ》』が押し込みに入られたろう？……あれで町方は右往左往している状態でな。人探しなどやってはいられぬというんだこれが」

「俺もかわら版で見たが、まだ下手人は分からぬのか」

「分からぬどころか見当もつかぬらしい。この江戸には盗賊団も数多くいるが、奉行所も奴らの手口は大方は摑んでいるらしい。ところがこの度のは新手《あらて》の手口だというので、手の付けようがない」

「そうか……」

「まあな……考えてみれば、家出人も行方知れずの者たちも、この江戸にはごまんといる訳だからな。お久親子だけを特別扱いできないという事情も分からなくはないのだが」

「そういう事ですと、頼みは十四郎様の方だけですね」

「何か分かったのか？」

「いや、そこまでは……期待は持てるという事だ。それはそうと金五、こっちも、ひょっとしておぬしの力を借りなければならぬ事が起きるやもしれぬ」

「なんだ」

「旗本屋敷の不祥事は町奉行所の管轄違いだ。捌けるのは評定所《ひょうじょうしょ》だ。いざとなったら上の方に働きかけて、あの屋敷を手入れしてほしいんだ」

十四郎は、波川の屋敷で起きている悪行を、搔い摘まんで金五に告げた。

その時だった。

「ごめんなさいまし」

ひょっこり男が現れた。

「大工の多吉《たきち》と申しますが……」

その声にお登勢が振り向いた。

「まあ、多吉さん」

「お登勢様、お久し振りでございます」

多吉は、かつて与兵衛が抱えていた職人の一人であった。

お久夫婦の問題が起きた時、橘屋に泊まっていたお久に、こまごまとした物を届けてきたり、娘のおかよを里に連れていってくれたのも多吉だった。

金五は多吉に会った事はなかったようだが、お登勢とは顔見知りだったと、これは後でお登勢から聞いた。

多吉は膝を折って挨拶した後、折り入ってお話ししたい事があってやってきたのだとお登勢に言った。

「そこでは何ですから、どうぞ、お上がり下さい」

「いえ、あっしはここで……」

多吉は上がり框に腰を掛けた。

じゃあ……とお登勢も傍に座った。そしてすぐに多吉に聞いた。

「お久さんの事ですね」

「へい。実はおかみさんが、あの、お久さんの事ですが、こちらに戻っていますでしょうか」

「いえ、もう十日になりますが、行方知れずになりまして、私たちも探しているのですがいっこうに」

「やっぱり……」

「やっぱりって?」

「実は十日前に、あっしのところに訪ねてきました」

「お久さんが？」

「へい。娘のおかよちゃんを与兵衛の親方が連れ出したんじゃあないかって、昔の家に行ったらしいのですが、親方もうあそこはひき払っていておりません。そこで、あっしに聞けば親方の居所が分かるのじゃないかって、やってきたんですがね」

だが、多吉もおかよの消息どころか、与兵衛の居所すら知らなかった。

そこで多吉は、自分は仲間のところで寝泊まりするから、よかったらここを拠点におかよちゃんを探したらどうかと勧めたのだという。

「しかしお久さんは、私の身柄はまだ橘屋に預けている身だから、そうしたくても出来ないって、そう言っていたものですから……あっしもてっきりこちらに帰ってきているものとばかり思っていやした。で、ちょいと気になって寄ってみたんです……そうですか、帰っていないんですかい」

多吉は太い溜め息をついて立った。

だが、思い出したように座り直して、もう一つ気になる事があるといった。

「何でしょう」

「ここんところ騒がれている押し込みの件ですが、近江屋さんも相模屋さんも、実は昔、昔といっても三、四年前ですが、親方の差配で建て増しや改造をしたお店でして」

「ちょっと待て、それはまことか」

お登勢の後ろで聞いていた金五が身を乗り出した。

「あっしの取り越し苦労かもしれませんが、間違いございません。ただ、こんな事をいうのもなんですが、親方はもともと悪い人間じゃありません。お久さんを付け回したのも、本当に惚れていたからこそ、あそこまでの行動に出たんだと思っています。女のことは魔がさしたんです。他に言いようがありません。そんな親方に、もうこれ以上火の粉がふりかかっては、そう思いまして」

「分かった。多吉とかいったな。他にも大店とか、金持ちの隠居屋敷とか、与兵衛が請け負った仕事を知っているか」

「いえ、あっしがお世話になったのは二、三年です。でも、昔の仲間に聞けば分かるかもしれません」

「そうか、じゃあすまんが聞いてくれぬか。俺は慶光寺の寺役人で近藤という」

「承知しました。じゃあお登勢様」

多吉は肩を落として帰っていった。

「義理堅い男だの、多吉は……」

十四郎は感心した。

「職人気質と言ってしまえばそれまでですが、多吉さんはお久さんのことを姉さんのように慕っていましたから」

「それにしても十四郎、押し込みに与兵衛が絡んでいるとなると、これは大変なことになるな」

「うむ……」

玉菊の話によれば、その与兵衛はつい先日、波川の屋敷に姿を現している。

かよという娘の失踪も、単なるお久と与兵衛の争いごとが原因ではないかもしれぬ。

十四郎は、一連の事件の源は、やはりあの波川の家にある……という考えをますます強くした。

五

「あらまあ、塙殿は吉原が初めてとは……」

兼世は町駕籠から降りると、からかうように十四郎に言い、肉付きのよい尻をふりながら、吉原の大門をくぐっていった。

大門は黒塗り板葺《いたぶき》の屋根付冠木《かぶき》門、両脇の門柱には大きな高張り提灯がぶらさがっていた。

しかしまだ夜の店が開くまでには刻限も早く、大門をくぐる客は編み笠を被った国侍《くにざむらい》ばかりが目立っていた。

「殿様にいらぬ心配をかけては申し訳ありませんから、塙殿、あなた、私についてきて下さいな」

今朝十四郎は、波川の家に入るとすぐに兼世に呼ばれ、今日の午後は供をするようにと言われたのである。

その行き先が吉原と知って、十四郎は一度も行った事はないと言ったが、昔、国から参勤交代で出てきた藩の侍たちから吉原に行かないかと誘われて、興味本位で覗いた事はあるにはある。

だがその頃、まだ若かった十四郎は、女の匂いに圧倒されて逃げ帰ってきたのであった。

藩が潰れたその後は、吉原に足を向けられる金などある筈もない。

兼世は、勝手知ったるなんとかで、吉原の江戸町《えどちょう》二丁目にある『津島屋《つしまや》』の暖簾を潜った。

「まあ、お兼さんじゃないか」

女郎屋の津島屋では、よほど兼世は有名なのか、下にもおかぬ愛想で内所《ないしょ》にいる楼主の女房に取り次いだ。

内所には大袈裟な縁起棚を設けてあり、長火鉢の前で女房は帳簿に目を通していた。

兼世と十四郎が入っていくと、女房は帳簿から目を離して、

「例の話だね」

と兼世を前に座らせた。

「塙殿はあちらで、お酒でも頂きなさいな」

十四郎が側にいてはまずいのか、兼世は敷居を隔てた隣室の広い台所の板間を指した。

内所と台所の間には敷居はあるが、戸はとっぱらわれて、どちらからも丸見えになっている。

それでも場所が遠ければ、兼世は話を聞かれずにすむと思っているのだろう。

「それじゃあ……」

十四郎は楼主の女房に会釈をして、台所の方に立っていった。

するとすぐに、下働きの女が熱燗を持ってきた。

台所は飯を炊いている者、魚を捌いている者、包丁をふるう者、配膳をする者など女中や男衆が、夜の店出しの準備をしていた。

十四郎は酒を飲みながら、聞くとはなしに、二人の会話に耳をすました。

兼世と女房の間にはそろばんが置かれ、双方から玉をはじいては、じっと見詰めていたが、

「若い娘ばかりなんだから……」

兼世はそう言って、強引にそろばんの玉を動かした。

「負けました。それで手をうちましょう」

「さすがは津島屋さん」

「で、いつになる?」

話が決まると、いっそう砕けた口調で女房が兼世に聞いた。

「今月末には……」

兼世の声はそこで消えた。

そして二人は額を寄せて、声をひそめてぼそぼそといい、言葉は不明瞭となってしまうが、十四郎には話の中身はあらまし見当がついた。

兼世は、今屋敷に抱えている女たちを売りにやってきたらしい。

どこまで強欲な女なのだと、十四郎が胸のうちで舌打ちをすると、

「帰りますよ」

兼世の声が飛んできた。

兼世は悠然として、十四郎を従えて吉原を出た。

大門には客待ちの駕籠が待機していたが、兼世は今度は駕籠には乗らず、徒歩で聖伝町《しょうでんちょう》に出た。

そして、財布から一分を出して十四郎の手に握らせると、

「ちょいとこのあたりに用がありますからね。浅草寺あたりで飲んできなさいな。そうねえ、一刻ほどたったらまたここで待っていておくれ」

といい、山谷《さんや》堀の方に向かっていった。

十四郎は、言われた通り浅草寺に足を向けたが、すぐに踵を返して兼世を追った。

兼世はすぐに見つかった。山谷堀の川岸にひしめく船宿のひとつ、『夕月《ゆうづき》』の

前だった。

兼世は辺りを窺っている。どうやら見知った人が往来の中にいやしないかと、確かめているようだ。

——あの様子じゃあ、虎之進の病気をいい事にして、どこかの男と逢引するのに違いない。

そういう事なら、相手がどんな男か見定めておく必要がある。

さて、どこで張り込むか……と考えて、ふと見た夕月の右手の路地に、兼世に今にも飛び掛からんばかりの女を見た。

女は左の袖で、右手に握った刃物を隠している……と十四郎にはすぐに読めた。

その女があたりを警戒してちらりとこちらを確かめた。

——お久だ。

十四郎は咄嗟《とっさ》に小石を拾って、お久の膝に投げつけた。

あっと顔をゆがめたお久がこちらを向いた。

その刹那、兼世はお久に気付くこともなく、夕月に消えた。

「お久……」

十四郎は駆けよって、帯の後ろに刃物を隠そうとしていた腕をぐいと摑んだ。

お久が握っていたのは包丁だった。

「何をしているんだお前は、馬鹿な真似はするな」

お久は叱られて、我に返ったような顔をしたかと思ったら、わっと泣いて蹲った。


「お前を探していたんだ……お久」

「申し訳ありません」

お久は涙に濡れた目を上げた。

「お久、お前、痩せたのではないか」

十四郎はお久を近くの飯屋に誘い、労《いたわ》りの言葉をかけた。

見るからに、お久の肩や手首から肉がそげ落ちていた。頬もげっそりとして、慶光寺を出た日の面影はない。

「ほとんど食べていなかったから」

そう言いながら、飯には手をつけず箸を置く。

「食べろ。それぐらいの量が食べられなくてどうするんだ」

「でも胃の腑が、もう受け付けなくなってしまって……」

「そうか、分かった」

十四郎は頷くと、おい親父……と亭主を呼んだ。

「すまぬがこれで粥をつくってくれ、急いで頼む」

「わかりました。それじゃあ」

亭主は飯椀を持って、板場に消えた。

「塙様、すみません。こんなにお気遣い頂いて」

お久の目にまた涙がにじむ。

「いいんだ。食べて元気を出してくれ……そして、なぜ波川の奥方を狙ったのか話してくれ」

お久は袖で涙を押さえ、頷いた。

「実は、多吉さんの家を出た後、まっすぐ三ツ屋に帰るつもりでした。でもふっと、四ツ谷《よや》にいる与兵衛の養父、浄林寺《じょうりんじ》の和尚さんのところへ行ってみようと思ったのです」

「ほう、与兵衛には養父がいたのか」

「与兵衛はまだ乳飲み子の時に、浄林寺の門前に捨てられていたのです」

和尚は当時下働きにきていた女の手をかりて、与兵衛を育てる事になるのだが、寺は檀家も少ない小さな寺で、与兵衛は幼い頃からしじみをとって売ったりしながら、十三歳まで寺にいた。

ところがある日、与兵衛は自分が捨て子だった事を知り、それからはことごとく和尚に反発するようになった。

当時の与兵衛は、しじみ代が和尚の酒代に消え、好きな饅頭の一つも買えないのが不満だった。それは自分が捨て子だから、和尚は自分を酷使しているのだと考えた。

ついに与兵衛は、十三になったばかりのある朝に、和尚の目を盗んで寺を出た。

まもなく、御簞笥町《おたんすまち》の大工の棟梁に拾われて、仕事を覚え、そして一本立ちしたのだという。

その間、一度も浄林寺に帰った事はなく、お久と所帯をもった時、お久の助言で渋々浄林寺の門をくぐった事があるのだと……。

それほど敬遠していた寺だ。帰るとは思えなかったが、行く場所のない与兵衛が身を寄せられるところは浄林寺しかない。お久はそう考えたのだと言った。

はたして、お久が浄林寺を訪ねてみると、与兵衛は夕陽の斜光を背に受けて、荒れた本殿の仏の前に、呆然として座していた。

あまりの変わりようだった。棟梁として自信に満ち、溌剌《はつらつ》として働いていた与兵衛の姿はそこにはなかった。

見栄《みえ》も威厳も金もない、何もないと与兵衛の背中は泣いていた。

ふとお久は、与兵衛の背中に、初秋の夕べに鳴く、あのひぐらしを重ねていた。

しばらくただ、立ちすくんで与兵衛の後ろ姿を見詰めていると、いつのまにか側に和尚が立っていた。

「一日中、ああやって動かぬよ。生きる屍《しかばね》とは与兵衛の事じゃ」

和尚の言葉に、胸が痛んだ。

お久はゆっくりと本殿に近付いて、声を掛けた。

「おまえさん……」

与兵衛は振り返った。肝をつぶしたような顔だった。

まもなくその顔が、次第に紅潮したかと思うと、込み上げるものを必死で耐えるようにして、お久の側にやってきた。

「すまねえ！」

与兵衛はがばと手をついた。

「お前を不幸せにしたばかりか、おかよまで……」

「知っているんですね、おかよの事を」

「人質にとられたんだ」

「お前さん、今なんて言ったの」

「だから、俺を悪の道にひきずりこもうとしている奴らに、連れていかれたんだ」

「なんて事を……どこに行けば会えるんですか」

「それは俺にも分からねえ」

「あんた！」

「すまねえ、もうちょっと待ってくれ。俺が必ず居場所を見つけて助け出す」

「許しませんよ。私はあんたを許せない。おかよをさらったのは、あんたを悪の道に誘おうとしている人だと言ったわね。いいわ、それだけ聞けばだいたい見当はつきました。私がおかよを助けてきます」

「馬鹿、止めてくれ。おまえ一人でどうなる相手ではねえ。のこのこ行ってみろ、おまえまでとられてしまう。そうなったら、俺は生きてはいけねえ。頼むから止めてくれ」

「じゃあどうすればいいの……どうすればおかよが助かるっていうんですか」

お久は半狂乱で、与兵衛の腕にしがみついた。

思わず与兵衛は、お久の肩を引き寄せて、抱いた。

「すまねえ……なあお久、許してくれ。だけど、虫のいい事を言うが、今一度だけ信じてくれ。俺は、俺は、命にかえても助け出す。約束する。だからおまえはここで待て」

「おまえさん……」

お久は抱き合った体を離し、与兵衛を見た。

「本当に、約束してくれますね」

「約束するとも……俺は今でも、おまえとおかよが大切なんだ。何物にも代え難い宝物なんだ」

与兵衛は、自分の生い立ちを考えるにつけ、おかよを父なし子にしてしまった罪の深さに苦しんでいたという。

翌日、朝靄《あさもや》の中を与兵衛は出かけていった。

だが、以来一度も寺には帰ってはこなかった。

お久はそこまで説明すると、

「だから私、あの人まで囚《とら》われの身になったんじゃないかって……だったら私が、そう思って波川様のお屋敷を見張っていたんです」

「それが何故、奥方を襲う事になったんだ」

「あのお屋敷に毎日出入りしている魚の棒手振りの人に、いつだったか女の子の泣き声がしていたって聞いたんです。でもそれも一度っきりだったって……奥様にはお子さまはおりません。きっとおかよに違いないと奥様をつけねらっていたんです。そしたら三日前、奥様は柳橋《やなぎばし》の船宿に入りました」

「何……」

「で、出てきたところを呼び止めました。そしたら、そんな子供は知らないってにべもない返事で、その上、もう一度私の前に現れたら命はないよ、と脅されました。ひょっとしておかよは殺されているかもしれない。だったらあの人を殺してやる……そういう思いが膨らんで」

「そうだったのか……しかし短慮《たんりょ》はいかん。おかよだって殺されているとは限るまい。いや、殺しはしない筈だ」

「でも、あの奥様のお相手は、そりゃあ恐ろしい顔付きの人で」

「逢引の相手を知っているのか」

「はい。柳橋の船宿では、一緒に出てきましたから。何人も人を殺《あや》めているような顔付きでした」

「どんな身なりをしていたのだ？」

「身なりは商人のようでしたが、私は違うと感じました。あ、そうそう、奥様はその男との別れ際に『富蔵《とみぞう》さん』と呼びました」

「富蔵……」

「はい。私にはそう聞こえました」

「わかった。おかよの事も、与兵衛の事も、俺にまかせろ。悪いようにはせぬ。おまえはここから真っ直ぐ橋屋に帰れ。それからこれを藤七に渡してくれ。いいな」

十四郎は懐から矢立《やた》てを出して懐紙に書き付け、それをお久に渡すと飯屋を出て、兼世が消えたあの船宿の前に向かった。

六

「おい、今なんと言った？」

三ツ屋の二階で、十四郎の話を聞いた金五は険しい顔を向けた。

「だから、富蔵だ」

十四郎は、今度は金五の側に座っていた北町奉行所与力、松波孫一郎を見て言った。

松波と金五は顔を見合わせて頷きあった。

「何か思い当たるふしでもあるのか？」

十四郎が聞いた。

「松波殿」

と金五が松波を促すと、松波は一枚の紙片を出した。

それには人の名が連ねてあった。

「これは与兵衛が大工の棟梁時代に手掛けた仕事だ。近藤殿が多吉とやらを俺のところに連れてきて、それで判明したのだが、近頃押し込みにあった家は、いずれもここに名のある家だ」

「他にも押し込まれた家があったのか」

「そうだ」

松波は頷いて、

「実はな、塙殿。われわれはこの度頻繁に起こっている押し込みが、迷わずまっすぐに金箱のある部屋を襲っていることに関心を持っていた。どうみても、家の内部を詳しく知っていなければできない仕業だと思ったからだ。押し込みで大きな仕事をやる時には、すくなくとも数か月をかけて、内部に仲間を入れて手引きさせるのが常套《じょうとう》だ。ところが今度の事件は、そういう形跡がまったくなかった」

すると横から金五が話をとった。

「それでな。松波殿はもしやと上方に照会したのだ。そうしたら、富蔵という京大坂を荒らした盗賊の頭の名があがった。富蔵のやり口は、必ず大工とか鍵師とかを仲間にひきこみ、勝手知ったる押し込み先に、堂々と入るんだそうだ」

「しかし何故、江戸くんだりまで手を広げる」

十四郎は松波を見た。

「京で大捕物があってな。富蔵の手下のおもだった者は、今は京の牢の中だ」

「そういう訳だ、十四郎。与兵衛は間違いなく嚙んでいるぞ。問題は、次にどこが狙われるかだ」

三人は腕を組んだ。

与兵衛が大工の棟梁だった頃、手掛けた仕事は三十軒に近かった。その中から、用心の手薄な、或いは金を貯め込んでいる家をしぼり込むのは容易ではない。

そこで十四郎に、奴らが狙う次の獲物を探り出す手助けをしてほしいのだと松波は言った。

「出来れば、一網打尽にしたいんだ。勿論、おかよの身柄を無事確保した上の事だ。与兵衛の身の安全も考えねばならぬ。綿密な計画が必要だ」

「そこだよな」

金五が相槌を打った時、下で藤七の声がした。

まもなく階段を上る音がして、藤七が入ってきた。

「十四郎様、ずいぶんと手間がかかりました。すみません」

藤七はそう言うと三人の前に膝を揃えた。

「富蔵と兼世の関係ですが、ずいぶん昔から客と女郎の関係でした。ところが驚いた事に、波川の殿様に兼世を世話したのは富蔵だというんです」

「そうか……二人は初手から波川家一千石を狙ったのだ。ところが一千石どころか、年貢米も滞る事態となった」

兼世が悪に手を染める素地は、当初からあったという事になる。

「という事は、兼世は、波川の家に入った後も、富蔵と会っていたということか」

金五があきれ顔で聞いた。

「それに気付かぬ波川という御仁は、余程のうつけだ」

松波も腹立たしげに言った。

「それにもうひとつ、富蔵は以前から府内にも手を伸ばそうとしていたようで、その為に息のかかった手下をこの江戸に置いていたようです。富蔵がまだ吉原にいた兼世のもとに通っていた頃、いつも一緒に連れ歩いていた男たちがおります。その者の名は、熊一と彦蔵という……」

「待て、その二人、今は波川の家の中間だ」

「よくもよくも、揃いも揃って……十四郎、どうする?」

「うむ。先程松波殿も言っていた通り、まずおかよの居場所だ。それを摑んでおかぬ事には動きはとれぬ」

「藤七、そっちの方は摑んではおらぬのか」

金五はいらいらと立った。腕を組んでまた座った。

「そこまでは……ただ、私の見当では、富蔵は大川端《おおかわばた》のどこかに住まいしているのではないかと……実は今日ですが、また兼世と会いました。その後ですが、柳《やなぎ》橋《ばし》に船を用意していまして、それに乗って大川を下っていきました」

「しかし藤七、船を使っているからといって、大川端に住まいしているとは限らぬのではないか」

金五は納得いかぬという顔をした。だが松波は、

「いや、俺の経験から申せば、隠れ屋に船が直結しているというのは、盗賊にとってては条件としてはいい。逃げやすいし、足もつかぬ。盗んだ品も運びやすい」

と、藤七の考えに頷いた。

「よし、俺も別口から調べてみるか」

三人が階段を下りるとお久がいた。

お久は何か聞きたいような顔を向けたが、すぐにその顔をひっこめて、三人を見送った。

今のお久には、余人には計れぬ辛さがあるだろう。

何物にも代え難い娘の行方、別れたとはいえ元夫の惨澹《さんたん》たる現状を、手をこまねいて、じっと成り行きをみている他術《すべ》はないのだ。

お久の気持ちを考えると、一刻も早くおかよを探し出してやらねばならぬ。

十四郎は、暮れなずむ町の中を、急いで波川の屋敷に向かった。

だが、表門まで来て足を止めた。

何やら慌ただしく人の出入りがあるようだった。

用心深く近付くと、彦蔵が顔を出して、手招きをした。

彦蔵は、あの闇の格闘以来、助力した十四郎にすっかり心を許していた。

「どうしたのだ」

「どうもこうもねえ。殿様の容体がおかしいってんで、今かかりつけの医者が呼ばれてきたんだが、山は越えた」

「危なかったのか」

「なあに、まだ死ぬ筈はねえ」

といって、しまったという顔で言い直した。

「いや、死ぬほどではないと奥方は言っていた」

「いったい、どこが悪いんだ」

「さあ……」

彦蔵は、もうこの話題から逃れたいようである。

十四郎は気付かぬふりをして、賭場の客筋はどうか、俺の出番がありそうかと聞いた。

「ヘッヘッヘッ」

彦蔵は意味ありげに十四郎を見た。

「なんだ」

「分かってますよ、玉菊ですね。どうぞ、賭場に何かあったら知らせます。なあに、今日の客筋はおとなしい奴らばかりだ。旦那に見張っていただく事もねえ」

「そうか、恩にきる」

彦蔵は十四郎の誘導にまんまとかかった。

十四郎は、もはや暗がりとなった屋敷の土塀に沿って、女たちがいる長屋に足を向けた。

「俺だ。玉菊、開けてくれ」

玉菊のいる長屋の戸口で声をかけると、中から玉菊が顔を出した。

「お一人ですか」

玉菊は用心深く、十四郎の後ろの闇に目を走らせた。

「案ずるな。俺一人だ」

玉菊はほっとした表情を見せて、十四郎を奥の寝床に案内した。

そしてすぐに正座して十四郎をまっすぐに見た。

「待っていたんです、あたし……与兵衛さんの居所が分かりました」

「どこにいる……誰に聞いたんだ」

「聞いたのは彦蔵です。あの男、時々あたしを抱きにくるの。それでね、少しじらして聞いてやったの。昔しつこい男がいたけど、あの与兵衛はどうしているんでしょうねって。そしたら、奴は今佃島《つくだじま》にいるって」

「佃島……」

「ええ、娘さんと押し込まれているんだって」

「本当にそう言ったんだな」

「あたしだって必死だもの。ここを出たいもの」

「そうだったな、すまん」

「なんだか知らないけど、大きな仕事をさせるために、そうしているんだって」

「大きな仕事？」

「うん。その仕事がうまくいったら江戸を出て、尾張《おわり》か越前《えちぜん》にでも行こうかなって……お前も連れていってやるっていうから、あたしもお願いしますって言ったよ。疑われたら困るもの」

「そうか、よく調べてくれた。礼を言う」

「お礼なんていいからさ。きっとあたしをここから出してよ旦那」

「分かっている」

「嬉しい。あたし、近頃は、おとっつあんとおっかさんに囲まれて、楽しく食事している夢をしょっちゅう見るの」

「そうか夢を見るのか。きっとお前の両親も同じ夢を見ているぞ」

「ええ……近頃になって、やっと両親の有り難さが分かるようになりました」

玉菊はそう言うと、自分の本当の名は菊といい、在所は千住《せんじゅ》で、そこには両親がいて、細々と小間物屋を営んでいると言った。

幼い頃から格別不自由だと思った事はなかったが、時折り日常の些細な事で注意を受けると、母が継母だったために、自分は嫌われているんだと、自分はこの家にはいらない子だとひねくれてしまったのだと、十四郎に打ち明けた。

「ここを出る事ができたなら、今度こそおっかさんともうまくやるわ。やる自信もあるの」

玉菊はしおらしい事を言った。

ひねくれていた根性は、皮肉にも若い体を獣たちに提供して、初めてもとの純な娘の心を取り戻したようだった。

哀れではあったが一条《ひとすじ》の光を見たようで、十四郎も嬉しかった。

さて……と腰を上げると、玉菊は戸口まで見送りに来て、思い出したように告げた。

「そういえば、これも彦蔵さんが言ってたんだけど、このお屋敷の殿様は、毒を盛られているんじゃないかって」

「彦蔵はそんな事まで言っていたのか」

「あの人、単純なひとですもの。まさかあたしが探っているなんて、夢にも思っていないもの」

十四郎は苦笑した。

玉菊の言う通りだと思ったが、彦蔵も玉菊のような小娘に、いいようにあしらわれては形無《かたな》しだ。

それにしても、波川虎之進の病が毒を盛られているためだという話には真実味があった。兼世の非道な強欲さから考えれば、納得がいく。

毒を盛ったか盛らぬかは、いずれ判明するだろう。

だが、兼世は今、夫を殺す訳にはいかない筈だ。

殺せば、たとえ荒涼とした領地でも、子のいない波川家はお家断絶、なにもかもふいになる。

今は年貢をとれなくても、いずれまた元の領地に回復する。夫は生かさず殺さず……兼世はそう考えているに違いない。

「いろいろすまなかった……必ず迎えにくる。待っていてくれ」

玉菊の肩に手を置くと、玉菊はこくりと頷いて、胸の前でひらひらと手を振った。

七

富蔵の姦計《かんけい》が目に見えてきたのは、その月の末だった。

まず与力の松波が総力をあげて、多吉から聞きとった、与兵衛が手掛けた家屋敷を調べたところ、諏訪町《すわちよう》にある油問屋『越後屋《えちご》』が、この月末日に、手代の宗助《そうすけ》一人を残して、全員箱根《はこね》へ湯治に出かける事になっていると聞き込んできた。

越後屋は近年、大坂近郊で採れる菜種油《なたねあぶら》の買い占めに成功し、株仲間の間でも、最も成長著しい問屋であった。

奉公人も年ごとに増え、蓄財もさぞかしと頷けるお店である。

与兵衛が越後屋の店の改築をしたのは、もう五年も前のことになるそうだが、以後どの大工も入ってはいなかった。

しかも越後屋は大川端が目と鼻の先、仕事を終えた盗賊たちが、船をつかって逃げるには絶好の場所にあった。

つまり、店は押し込みをするには条件全てが揃っていた。そこで、富蔵が次に狙うのは越後屋に違いないと連日張り込みをしていたところ、果たして先日、富蔵らしき人物が商家の隠居のなりをして、越後屋に偵察にきたというのである。

十四郎はその話を藤七から聞いていた。

思えば丁度その頃に、波川の屋敷でも熊一や彦蔵の動きが日を追って慌ただしくなっていた。外との出入りに忙しかった。

ところが用心棒に雇われていた浪人たちは、いつの間にか賭場から姿を消していた。

そして今日、十四郎は兼世から呼び出しを受けた。仲間に誘う呼び出しかと思っていたら、あっさりと暇を出されたのである。

「旦那、あっしは旦那だけは他のご浪人とは違うと言ったんですがね。上の方の考えがかわったっていうもんですから、残念だが、ま、元気でやっておくんなさい」

彦蔵は、十四郎が波川の門を出たところで、おっかけてきて言った。

彦蔵の言葉から考えられるのは、兼世は初め、富蔵との仕事に人手がいる事を知り浪人数人を集めてみたが、富蔵の眼鏡にかなわなかったという事だろう。

十四郎は、兼世に誘われれば仲間に入り、盗みに入ったところで松波と協力して全員を捕縛するつもりだった。だがこれで、当初の計画はふいになったという事だ。

玉菊たち女の事も気にはなったが、ここはいったん素直に屋敷から遠ざかるのが賢明とみた。

兼世たち当人は気付いていまいが、十四郎の目には、それほど屋敷の中はぴりぴりとした雰囲気だった。

——それならそれで。

十四郎は今日、佃島に渡って、与兵衛親子を探すつもりで家を出た。

「十四郎様、お待たせしました……」

船松町《ふなまつちょう》の渡し場にある茶屋で待つこと一刻あまり、待っていた藤七が現れた。

「近藤様の話ですと、越後屋はすでに今朝、箱根に発ったようでございます」

「何……そうすると、盗みを決行するのは、今晩という事だな」

「はい。越後屋の方は松波様自らが待ち受ける手筈となっています。波川様のお屋敷には、近藤様の采配で寺社奉行配下の同心が参るようです。ですからこちらは、遅れのないように与兵衛親子を助け出すようにとの事でした」

「分かった。行くぞ」

十四郎は編み笠を被り、藤七と渡し場に停泊していた船に乗った。

藤七の懐には、打ち上げの花火が一つ、忍ばせてある。

与兵衛親子を無事助け出したその時には、花火を上げて、松波に知らせる手筈になっていた。

与兵衛親子を助け出せば、町方も容赦のない捕物ができるという訳だ。

「十四郎様……」

藤七が、近付く島を指差した。

空は雲ひとつなく晴れていて、海も凪《な》ぎ、沖に浮かぶ埋め立ての島が、青い海にくっきりと浮かんで見えた。

船上からは島は一塊に見えているが、実際は手前に漁師町があり、その向こうに佃島と人足寄せ場のある石川島《いしかわじま》が連なっている。

十四郎たちが目指す佃島は、漁師町とは一本の橋で繋がっている。渡しの船は、島と陸とを結ぶ唯一の手段であり、船には日焼けした男たちに混じって、商人や旅芸人の姿も見える。

船はあっという間に漁師町の桟橋《さんばし》に着いた。

漁師町は既に一日の仕事を終えて、いったいに静かであった。

だが漁師町を一歩出て、住吉《すみよし》社の周辺や、橋を渡って佃島に入ると、様相は一変した。

町の至るところから女の嬌声が聞こえ、仕事にあぶれた男たちが酒の臭いをさせていた。

おそらく人足寄せ場を出た者たちも、行き場所のない輩はまずこの島に住み着いて、生活の糧《かて》を得ていると思われた。

なるほど……と思った。

こうして見てみると、富蔵がこの島に目をつけたのもよく分かる。隠れ屋にはもってこいだし、人を集めるのも容易である。

この島には幾らでも金のために働く者がいるという事だ。

酒を飲む金、女を抱く金、今日一日の糧を得るために命を張る。そんな男がうようよしている。仲間に事欠くことはないのである。

「旦那、遊ばない？」

路地に入るとすぐに、女が声を掛けてきた。

「お安くしとくからさ」

黙って通り過ぎようとする十四郎の手を、女はしっかりと摑まえた。汗と化粧でねっとりとした感触だった。

「ねえってば……」

十四郎の編み笠を下から覗いて、にっと笑う。

その女の顔は、白く濃く塗ってはいるが所々はがれ落ち、しかもちらりと見た着物の襟が垢で茶色く汚れていた。

十四郎は目をそむけた。蔑《さげす》んでの事ではない。こういった女を目《ま》の当たりにするのは辛かった。

「すまんな。俺は人探しにやってきたんだ」

「ちぇ、おととい来やがれ」

女は悪態をついて手を放した。

　だがすぐに追っかけてきて、

「人を探しているって言ったわね。どんな人？」

　悪態を今ついた事はすっかり忘れて、女は親切顔で聞いてきた。

　藤七が十四郎の袖を引っぱった。

「相手にしない方がいいですよ」

　十四郎もそう思ったが、女の手に小粒を載せた。

　女の身になってみれば、いったん摑まえた客からは、どんな手段であろうと金をとらねば気がすむまい。

　今日出会った男からいくらぶん捕るか、それがこの女の全てである。

　女は小粒を確かめると、ぱっと明るい顔をした。そして真顔で聞いてきた。

「言ってごらんよ。どんな人か」

「五、六歳の女の子と、大工だ」

「ふーん。女の子と大工ねえ……」

「十四郎様……」

　また藤七が袖を引いた。

　十四郎もこれは駄目だと思いながらも、

「それと、近頃上方の人間でこの佃に住み着いている男がいる筈なんだが……そうそう、商人のなりはしているが、小太りの中年で、名を富蔵という怖い顔をした男だ。知らないか」

「富蔵さん？……名前は知らないけど、今旦那がいったような男が近頃この佃で幅をきかせているんだ。その人だね、きっと」

「その男は何処にいる」

「旦那方、橋を渡ってきたでしょう？……あの橋の袂に持ち船を繋いでいる人だと思うけど、手下がたくさんいてね。あのあたりで聞けば分かるかもしれないよ」

女はそう言うと、ありがとね……と、ちびた下駄を鳴らして引き返した。

「まさかとは思うが、行ってみよう」

十四郎と藤七は、元来た道を引き返し、橋の袂にやってきた。

しかし、女が言ったそれらしい船は繋がれてはいなかった。

「いい加減な事をいったんですよあの女は。十四郎様から金を貰ったものだから、嘘をついたんです」

藤七は悔しがった。

「待て、藤七」

十四郎は藤七を制して、側の物陰に引っ張った。

橋を、彦蔵が渡ってくる。

「波川のところの中間だ……」

彦蔵は橋を渡り切ると左に折れ、石川島の人足寄せ場の手前を右に入った。

しばらく行くと、そこにはまだ埋め立て途中の空き地があり、江戸市中から出たごみが打ち捨てられて悪臭を放っていた。

その空き地の一角に、板を張り合わせた粗末な家が数軒建っていた。

彦蔵はそのひとつ、最も造りの大きな板の家に入っていった。

「十四郎様」

藤七は、用意してきた小刀を抜いた。

「待て」

十四郎の視線の先の戸口には、大勢の男たちの姿が見えた。

ひい、ふう、みい……ざっと十人はいるだろう。

いずれの男も町人のなりはしているが、目も鋭く、動きも俊敏である。

浪人の姿もあったが、兼世に雇われていた者たちとは違い、あきらかに人足寄せ場にいた者と思われる独特の鋭い殺気をまとっていた。

「踏み込むのはいいが、それがために娘や与兵衛の命になにかあっては困る。夜を待とう」

二人は、打ち捨てられたごみの中に一群を成した、背の高い雑草の中に身を伏せた。

十四郎たちの予想が当たっていれば、奴らは夜になれば必ず動く。

果たして、陽が落ちると、

「富蔵です」

藤七が目で示した先に、熊一と一緒に富蔵がやってきた。

富蔵はいったん板の家に姿を消したが、亥《い》の刻の鐘を聞いてまもなく、黒い装束で表に現れた。

続いて黒い影が次々と表に現われ、海辺に向かってすべるように走っていく。

ざっとその数六、七人、半月が彼らの背を見送った。

「中にまだ数人が残っている」

十四郎と藤七は、草むらを出て板の家に背を丸めて近付いた。

二手に分かれて、用心深く中の様子を窺った。

部屋の中には、行灯の側に浪人が二人、酒を酌み交わしていた。そして、その向こうには、これは顔が見えないが人の影が一つ。だが、おかよの姿も与兵衛の姿も見えなかった。

——どこにいる。

足場を変えようとした十四郎の足が、枯れ木を踏んだ。

浪人の一人がふっと顔を上げ、立った。

「どうした」

ともう一人の浪人の声が聞こえてきた。

十四郎は鯉口《こいぐち》を切った。

だが、浪人は上げていた腰を落として、視線をまた酒に戻した。

ほっとして藤七の方を見ると、おいでおいでと手を振っている。

藤七は浪人たちが居る板の家の隣の小屋を覗けと指した。

十四郎は用心深く移動して、小屋を覗いた。

小屋の中の藁の上には、縄で縛られた父と幼い娘が転がされていた。

側に見張りの男が一人、この男も蠟燭《ろうそく》を頼りに一人で酒を飲んでいた。

と、与兵衛が半身を起こして、娘に叫んだ。

「どうした……しっかりしろ、おかよ」

「うるせえ！」

男が匕首を抜いて、与兵衛の傍らに突き立てた。

「頼む。娘は熱がある。ここから出してくれ。医者に診せてくれ」

「ふん。おまえたちは仕事が終われば、熱が出たとか出ねえとかそんな心配はいらねえんだ。もうすぐあの世に行くんだ。安心しろい」

「騙したな。許せねえ！」

与兵衛は後ろ手に縛られたままの格好で、男に猛然と体当たりした。

「野郎」

男は与兵衛を押し倒して、突き立てていた匕首を引き抜いた。

「いくぞ」

十四郎は小屋の戸を蹴倒して飛び込んだ。そして振り返った男の腹を一撃した。

男は声も出せずに突っ伏した。

「橋屋の者だ」

十四郎は与兵衛に言って、ぐったりとしているおかよを抱きおこし、縛っている縄を切った。

藤七も、与兵衛の縄を切る。

「いかん。相当な熱だ。藤七、頼むぞ」

十四郎は藤七におかよを渡し、与兵衛に一緒に出ろと促した。

おかよを抱き抱えた藤七と与兵衛が外に走り出た。

その時である。

「待て」

浪人三人が、藤七たちの行く手を遮った。

「構うな。走れ」

十四郎は叫ぶや、こちらから踏み込んだ。

その一閃で道が開け、藤七と与兵衛が駆け出した。

十四郎は間髪《かんはつ》を容れず、浪人たちに襲いかかった。

打ち込んで来る浪人の剣を撥《は》ね、左右から詰め寄る男たちに目を走らせた。

その目の端に、また一人、戸口から匕首を持った男が飛び出してきた。

匕首を持った男は、隙をみて藤七たちを追うつもりだ。

十四郎は目の前にいる浪人を斬るとみせて、走り出そうとした匕首の男の前に走り出た。

すると、勇敢にも匕首を持った男は、真っ正面から背を丸めて飛び込んできた。

十四郎は迷わず袈裟懸《けさが》けに、斬った。

匕首の男はどたりと音を立てて落ち、痙攣《けいれん》して、やがて動きを止めた。

更に今度は右手を抜けようとした浪人にひと太刀浴びせると、すぐに反転して、左手の浪人に飛び掛かった。

だが着地した場所が柔らかく、十四郎は足をとられて、腰を落とした。

不覚だった。すかさず浪人二人が交互に襲いかかってきた。

腰を低くしたまま、十四郎はじりじりと移動した。

そして、足の先が固い大地を踏んだとき、しめたと思った。今相手は、柔らかい埋め立て地に立っている。

十四郎は反撃を開始した。

わざと手前にひき寄せて、殺到してきた浪人の剣を撥ね上げて飛ばし、飛び上がってもう一人の浪人の頭を一撃した。

だが浪人は体を反らせて十四郎の剣を躱《かわ》した。すかさず十四郎は、相手が体勢を整える前に懐に飛び込んで、男の胴を真横に薙《な》いだ。

ドサッという音がして、浪人は十四郎の足元に倒れ込んだ。

十四郎の視線がキラッともう一人の浪人を見迎えた時、十四郎の足首に手が掛かった。

見下ろすと、最後の力をふり絞って、今倒れた浪人が摑んでいた。

十四郎は、迷わず男の背中に剣先を突き刺した。

「ギャッ」

男の息はそれで絶えた。

十四郎はその剣を引き抜くと、今度は最後に残った浪人の前に出た。

容赦のない十四郎の剣を目の当たりにし、浪人の顔にはおののきが見えた。

追い詰められた浪人は、意を決したように猛然と飛び掛かってきた。捨て身だった。

十四郎は浪人が振り下ろした剣を難なく躱し、返す刀で男の顔面を斬り裂いた。

血が、十四郎の顔に飛び、男は一瞬目を見開いたかと思ったら、そのまま音を立ててくずおれた。

その時、花火が遠くで上がった。

十四郎はほっとして、腹に溜めていた息を、ゆっくりと吐いた。

激しい鼓動がおさまると、耳に潮騒《しおさい》が聞こえてきた。

八

「おまえさん……」

お久は番屋の牢に蹲る与兵衛を呼んだ。

しかし与兵衛は微動だにしなかった。

「与兵衛、お久がせっかく会いにきたんだ。返事ぐらいしたらどうだ」

十四郎が助け船を出した。だがそれも聞こえていないようである。

番太郎の留吉《とめきち》が十四郎の側に来て、小声で言った。

「ずーっとあの状態で、この三日、飯も食ってはいません。ひとこと『もう思い残すことはねえ、このまま死なせてくれ』そういうんです。明日にでもお奉行所にひきとられるっていうのに、困ったもんです」

するとお久が、抱えてきた風呂敷包みを留吉に見せて、差し入れですがよろしいでしょうかと許しを乞うた。

留吉は風呂敷を解いて、中身を確かめた後、頷いた。

お久はそれを持って、また格子戸の前に座った。

「おまえさん、これは私が作ったお弁当です。どうか、お願いですから食べて下さい」

与兵衛はそれにも答えず、くるりと背を向けた。

お久はそれでも語りかけた。

「おかよの事ですが、橋屋の皆さんのお陰で、お医者にもかかりまして、もうすっかり元気になりました。今朝、藤七さんが押上《おしあげ》の両親のところに送っていってくれましたが、別れ際におかよは何と言ったと思います?……こう言ったんですよ。おっかさん、あたし、おっかさんが大好きです。でも、おとっつあんも大好きです。早く、三人で暮らせるといいなって……」

お久の声はそこでとぎれた。

だが、込み上げてくるものを呑み込むと、また話を続けた。

「おまえさんのお陰です。あの子が助かったのは……それに、おまえさんが押し込みの手助けをしたのは、みんなおかよと私を守るためだったと聞きました……ありがとう、おまえさん」

すると、突然与兵衛の肩が小刻みに揺れた。

「おまえさん……」

与兵衛は背を向けたままで、お久に言った。

「お久……もう、俺のことはかまうんじゃねえ。お前は、お前は今度こそ、幸せになってくれ」

「何を言うんだいおまえさん、私、おまえさんを待ってますから……おまえさんが罪の償いをして出てくるのを、おかよと待ちます」

思い詰めていたものを吐き出すようにお久は言い、すぐに自分でも驚いたような顔を十四郎に向けた。

十四郎は、頷いてみせた。

いつぞや、飯屋でお久の話を聞いた時から、なんとはなしに予感があった。

「お久……」

与兵衛が格子の前ににじり寄った。

切れた糸が、元に戻った一瞬だった。

十四郎はそれを潮《しお》に、お久を残して諏訪町の番屋を出た。

隅田川の両岸は、とうの昔に桜は散って葉桜が茂っていた。

橘屋に雇われてから、ゆっくり桜を見る暇もなかったが、十四郎の胸は今さわやかで熱かった。

行き交う船を眺めながら、つい先日死闘の末に、ようやく解決した今度の事件の顚末《てんまつ》を思い出していた。

富蔵一味は、与力松波の読みどおり、越後屋に押し入った。

藤七の花火は、早々に海岸に上がっており、松波は迷う事なく、待機させていた町方に店の四方を囲ませた。同心を含め捕り方岡っ引きまで合わせると総勢五十数人の大捕物になったという。

こちらも死闘の末に富蔵以下全員が捕縛され、今伝馬町の牢にいる。いずれ死罪の裁断が下るだろう。

同じ頃、金五も波川の屋敷に駆けつけた。

ふいを食らった兼世は命乞いをしたらしい。だが、罪状を述べると波川虎之進が奥の座敷からはいずり出て来て、金五の見ている前で兼世を斬った。そして自身も切腹して果てたという。

金五の話では、囲われていた女は八名、いずれも二十歳にもまだ届かぬ若い娘だったというが、それぞれの親元に帰された。

「指切りげんまん……」

玉菊のあのあどけない顔が目に浮かぶ。

いずれにしても与兵衛の罪は、松波の裁量により、江戸払いか敲《たた》きの刑になる筈である。

「十四郎様」

川端から声がした。

ひょいと覗くと、船着場に舫っていた屋根舟から、お登勢がするりと降りてきた。

「お迎えに参りました」

「俺を？」

「ええ」

「お連れしたい所があります」

お登勢は十四郎を舟に乗せると、後ろにまわって十四郎の目に手ぬぐいを掛けた。

「おい、何をするんだ」

「しばらくご辛抱下さいませ」

お登勢はころころと笑った。その熱い息が、十四郎の襟足をくすぐった。

十四郎は苦笑して、お登勢の言葉に従った。

舟はしばらく右に左に揺れながら川を上り、やがてことりと止まった。

「さあ、着きましたよ」

お登勢は十四郎の目に掛けた手ぬぐいをとった。

「これは……」

十四郎は目を見張った。

夕闇の中に、螢《ほたる》が無数に飛んでいた。

「ここは、ご府内でも、もっとも早く螢の出る場所なんですよ。他の場所より一月は早いでしょうね。知る人ぞ知る、内緒の場所です」

「みごとだな」

「ええ……ぜひ、十四郎様にお見せしたくて……」

湿った声でお登勢は言った。

その時、ゆらり……と舟が揺れた。

あっと小さい声を出して、お登勢の手が十四郎の腕を摑んだ。

「すみません……」

「いや……」

手は、直ぐに離されたが、息詰まるような雰囲気に襲われた。

だが二人は、何ごともなかったような顔をして、右に左に現れては消える青い光を、陶然として追った。

第三話　蟬しぐれ

一

夜のしじまを引き裂くような絶叫だった。

驚いて目を見開くと、橘屋の屋号の入った提灯の灯の中に、見下ろしている藤七の顔が浮かび上がった。

「十四郎様、近藤様が斬られました」

「何、金五が斬られた？」

十四郎は飛び起きた。

「誰にやられた」

「慶光寺に賊が入りまして」

「いつだ」

「子《ね》の刻です」

「それで、金五の傷は」

「今のところはなんとも……とにかくお急ぎ下さいませ」

「待て、すぐ行く」

十四郎は、脱ぎ捨ててあった小袖を手繰《たぐ》り寄せると慌てて纏い、両刀を手に摑んだまま走り出た。

急いで橘屋に駆け付けると、向かいの慶光寺の門前には煌々《こうこう》と灯りがついていて、橘屋の若い者や寺社奉行配下の者と思われる武士たちが、緊張した身のこなしで動いていた。

「早く……」

藤七に促されて、十四郎は橘屋の仏間に駆け入った。

「十四郎様……」

お登勢が沈痛な顔で見迎えた。側に医師が控えており、布団の上に、頭と左腕を晒しでぐるぐる巻きにした金五が寝ていた。

「金五！」

走り寄って、金五の血の気のない白い顔を覗くと、

「静かになさい」

側にいた医師に一喝された。

「十四郎か……十四郎」

金五が閉じていた目を、弱々しく開けた。

「しっかりしろ、いったいどうしたというのだこれは……」

「やられた……殺人剣だ」

「殺人剣」

「斬り込んできた剣が岩のように重かった」

ふっと苦笑いを浮かべた金五の顔が、次の瞬間苦痛に歪む。

「もう、そこまでになさい」

医師が横から口を挟んだ。

「いや、伝えておきたい……十四郎、額の傷は賊の一撃を受けた時、相手の力に耐えきれず俺の刀の鍔《つば》で傷ついたものだ……あの太刀筋は、噂に聞いた……ト……」

と、言いかけたが瞼《まぶた》が落ちた。

「トンボか」

十四郎は聞き返した。しかしもう、金五の意識は遠のいていた。

「金五！」

「待ちなさい……薬が効いてきたのです」

「薬が？」

「はい。近藤様はあなたが参るのを待っていたいと申されて、痛みを抑える薬をつい先程飲んだところでした。眠らせてあげなさい」

「そうか、薬が効いてきたのか……」

十四郎はほっとして腰を下ろし、

「命に別状はないんだな」

念を押すように医師を見た。

医師は、首をやや斜めに構えて、ねっとりと頷いた。

十四郎はおやっと見詰めた。今気付いたが、医師の声音はところどころ裏返って甲高《かんだか》かった。

「十四郎様、こちらは柳庵《りゅうあん》先生と申されまして、橘屋のかかりつけのお医者様です」

お登勢が言った。

見たところ姿形は男医者だが、いかにも十四郎の目にはなよなよとして映り、科《しな》をつくって胸元の襟を合わせているのを見ていると、医師としての診立てが気になった。

「お医師、金五の傷の具合は？」

「はい……額の傷はかすり傷で、これはたいした事はございませんが、二の腕の傷は深い」

「しかし大事はござらん。そうですな」

「いえ、油断はなりません」

「何」

「無理をして傷口を動かせば、傷が癒えぬばかりかこじれて傷口が化膿《かのう》することもございます。治るものも治らなくなるということです」

「そういう訳ですから、柳庵先生がよろしいとおっしゃるまで、ここで養生して頂くことに致しました」

お登勢が柳庵の話を横からとって十四郎に告げた。

「じゃあ私はひとまずこれで……お登勢殿、あとはくれぐれも養生専一《せんいつ》に……」

柳庵はそう言い置いて、藤七に送られてしなしなと部屋を出た。

「お登勢殿、なんだあの医者は」

「少しかわったお医者様ですが、これがなかなか、本道《ほんどう》はもとより外科も極めているお方です。父上様は表医師《おもていし》をなさっておられまして、でも柳庵先生は歌舞伎の女形《おんながた》になりたかったというお方ですから」

お登勢は事もなげに言い、仲居頭のおたかを呼んで金五を頼み、十四郎を帳場に誘った。

「こんな事は初めてです」

お登勢は十四郎に向かいあうと暗い顔を向けた。

「お登勢殿、藤七の話では、金五は寺内に入った賊にやられたのだと聞いているが……」

「私も先程、寺務所の手代の方からその時の様子をお聞きしたばかりですが、一刻程前でしょうか、近藤様は寺入りしている女たちの悲鳴を聞き、手代お二人と庫裏《くり》の方に駆けつけたんだそうでございます。夜が明けましたらご案内致しますが、慶光寺の庫裏は女たちの寝所にもなっておりまして、賊はそれを承知で入ったのだと思われます」

金五と手代が駆けつけると庫裏の廊下に賊が一人、だんびらを抜いて立ってい
て、賊の前には尼僧が一人、女たちを庇うように槍を構えて対峙していた。
賊は月明かりに浪人体だと分かったが、人相を隠すためか黒い被り物を着けて
いた。
「何奴《なにやつ》！」
金五は庫裏の前庭を走り抜け、抜刀するや一気に廊下に飛び上がろうとした。
刹那、賊の方の動きが早く、廊下から飛び上がって金五に覆いかぶさるように落
ちてきた。
庭先で一合《ごう》、二合、金五は賊と刃を交わすが、賊の剣を受け損なって傷を負っ
た。賊は金五が一瞬ひるんだ僅かの隙に、慶光寺の庭木の間を突っ走り、あっと
いう間に逃げ去った。
お登勢は手代の知らせを受けて、医師を呼ぶやら、寺社奉行の屋敷へ使いをや
るやらで、今さっきやっと落ち着いたところだと言った。
「他に怪我人は？」
「女たちの中に軽い傷を負った者がいるようですが、賊が廊下に侵入した時、大
奥から禅尼と一緒に参られた春月尼《しゆんげつに》さんがいち早く気付かれまして……このお

方は女だてらに槍の上手でございまして、それで大事には至らなかったようでございます」

「ほう……薙刀《なぎなた》ではなく槍を使うのか」

「はい」

「しかしいったい、賊は何が狙いだったんだ」

「それなんですが、寺入りしている女たちの誰かの命を狙って侵入したのではないかと……」

「命を狙われるほどの悶着《もんちゃく》をかかえている女がいるのか」

「いろいろ考えてみましたけれど見当もつきません。まずはそれを調べなくてはなりませんが、近藤様もあのような状態ですし……いずれ近藤様にかかわるどなたかが参られると存じますが、そのお方を頼るという訳にも参りません。そこで……」

「俺に調べろというんだな」

「はい。寺の中は治外法権。そこへ易々と入られて、しかも近藤様まで斬られました。寺の威信はもとより、御用を預かる橘屋としても放ってはおけません」

「相分かった」

十四郎は頷いた。

命を取り止めたとはいえ、一合二合交えただけで金五は深手を負っている。神田の伊沢道場では、さすがに十四郎に勝つことは一度もなかったが、さりとて門弟の中では上位の組に属していた。容易に撃たれる腕前ではない。

賊は余程の遣い手だという事だ。金五は賊が殺人剣を遣うと言った。第一撃が岩石を受けたように重かったと……。

金五の見立てに間違いがなければ、賊の剣は、示現流《じげんりゆう》の流れを汲む殺人剣トンボ……一撃必殺の剣と思える。

だが示現流は、薩摩《さつま》藩の藩外不出の剣である。だとすると、慶光寺に入った賊は薩摩藩の脱藩者か、或いは何らかの手立てで殺人剣を習得した者という事になる。

いずれにしても、十四郎自身一度も立ち合った事のない剣だった。

俄かに武芸者としての緊張が、十四郎の体を走った。

「それはそうと、金五のおふくろさんには知らせたのか」

「いえ。ここに運ばれて参りましたときに、これぐらいの傷では知らせたくないのだとおっしゃって……ですから、様子をみてからと思いまして、お知らせはしておりません」

「そうか……あれで金五は、なかなかの母親思いだからな」

「以前近藤様からお母上様はたいへんな心配性だとお聞きしておりましたし」

「あれを見れば卒倒するな」

十四郎は奥の仏間をちらと見て言った。

「まっ、じゃあ本当なんですね、お母上様の心配性は」

ふっとお登勢の顔に笑みが走った。

「昔、道場の帰りに金五の家に立ち寄ったことがあったんだが、その日、金五は小指を骨折しておった。そしたら金五のおふくろさんは、もう真っ青な顔をして大騒ぎをしてな、大変だった。そうでなくても茶だ菓子だと言っては、しょっちゅう金五の部屋に様子を見にくるんだ。そういうお人だ」

「だからなんですか、近藤様が奥様を娶《めと》られないのは……」

「いや、それは違う、そういう訳では」

十四郎は苦笑した。

お登勢は金五に想いを寄せられていることなど、まったく知らないようである。

そのお登勢に、暫くの間看護をして貰えると金五が知ったら、傷の大小よりも、そのことを手放しで喜ぶに違いない。

――金五、早くよくなってくれ。

深い眠りに落ちている金五を見ていると、なぜか少年の頃ふざけあった姿ばかりが頭を過《よぎ》った。

金五の家は下谷の組屋敷、十四郎の住んでいた築山藩上屋敷は明神下《みようじんした》にあり、伊沢道場は神田の平永町《ひらながちよう》にあったから、二人はいつも一緒だった。兄とも弟とも頼りあってきた仲である。

十四郎は明け方まで、あれやこれやと懐かしい思い出を追想し、金五の傍に付き添った。

宿の台所が泊まり客の朝食の用意で賑やかになった頃、

「ごめん」

四十前後とみえる色黒の、ずんぐりした武家が玄関に立った。

「拙者、寺社奉行家臣、徒目付《かちめつけ》の栗田徳之進《くりたとくのしん》と申す」

栗田は、応対に出たお登勢に、近藤の代わりにしばらく寺に詰める事になった、ついては犯人探索に橘屋の助力を願いたいのだと言った。

「こちらこそ、よろしくお願い致します」

お登勢は腰を折って挨拶し、十四郎を紹介した。

「それは心強い。いや正直、私はヤットウは自信がない。心許なかったのだ、よしなに頼む」

栗田は人相に似合わず、人の好い顔を向けた。

「で、近藤殿のご容体はいかがでござるか」

「なんとか命はとりとめました」

「それは良かった。近藤殿にもしものことがあればと肝をつぶした。わが殿の立場もござれば、どうしても真相はつき止めねばならぬ」

栗田は金五を見舞うと、その傷の大事に驚いて、気持ちを新たにひき締めたようだった。

ただ二人は、互いによくは知らない仲らしかった。それもその筈で、金五は幕臣で、栗田は寺社奉行松平周防守《まつだいらすおうのかみ》の家臣であった。

寺社奉行の配下には、奉行に助言助力をする吟味物調役《ぎんみものしらべやく》というのがいるが、これは幕臣で評定所から奉行の役宅に遣わされた者である。

その下で、栗田たち寺社奉行所の役人が各々お役を賜り働いている訳だが、こちらはすべて寺社奉行周防守の家臣であった。

では金五はというと、幕府公認の駆け込み寺を預かるということで、こちらも評定所から差し向けられた役人だった。役職名は吟味物調役方与力といい、役高は吟味物調役に準じ百三十俵五人扶持、通称『寺役人』と呼ばれていた。

だが金五は、吟味物調役のように寺社奉行所宅に出勤する訳ではない。慶光寺に昼夜張り付いて勤めているため、寺社奉行所内の役人とはそうそう顔を合わせる機会もなかったのである。

栗田は徒目付ということだから、寺社奉行所内においては、町奉行所の与力と同心を合わせたような役回りをしているらしい。この度の事件の探索・解決を考えて、奉行は徒目付の栗田を投入してきたようだった。

だがその栗田が、体軀に似合わず剣術に自信がないというのだから、心許ない話であった。

二

栗田はお登勢と十四郎、それに藤七を同道し、寺務所のお役部屋の板間にどかりと腰を据えた。背が低い上に横幅が広く、足も短いために座っている方が威厳があった。

昨夜から助っ人にやってきていた寺社奉行所の同心三名、寺務所の手代、橋屋の若い衆などを集め、一同をじろりと見渡すと、皆の前に慶光寺の配置図を置いた。

寺内の配置図を頭にとどめ、適所にそれぞれを警護に当たらせるためだと栗田は言った。

むろん、十四郎も配置図を見るのはこれが初めてだった。

慶光寺は敷地一万坪にものぼる広大な寺院であった。それだけでも、ただの駆け込み寺ではない幕府の威厳が窺えた。

まず、橋屋の前の石橋を渡って正門を入ると、左手に役宅を兼ねた寺務所がある。ここに金五が詰めている訳だが、寺務所はこぢんまりした造りながら、いま十四郎たちが居る板間のお役部屋の他に、隣には白洲《しらす》のついた取り調べ室、続いて四畳半の手代部屋が二つ、そして金五が日常使う八畳ほどの居室、それに納屋、風呂、台所などでなっていた。

この寺務所の前、正門の広場から奥の建物に向かって、玉砂利の小道が二本左右に走っているが、この小道は寺内の中心にある鏡池《かがみいけ》を一周するように右左から延びていた。

慶光寺の建物は、この池の周辺を彩る春夏秋冬の景色を楽しめるように配置されているのであった。

正門左手の道を辿《たど》れば禅の修行をする法堂、その奥に庫裏があり、庫裏の右手、池の奥に当たる場所には方丈《ほうじょう》が建っていた。方丈は禅尼万寿院と春月尼他二名の尼僧の住居である。

そして正門右側の小道を辿れば、先だって十四郎が万寿院と対面した大小の書院のある建物、宝殿、茶室『山里《やまざと》』があった。

方丈を中にして、左右に建つ庫裏と書院は長い廊下で繫がっていた。

賊は一群をなしたこれらの建物のうち、庫裏を狙って侵入していた。寺内の配置を知り、女たちがどこに住まいしているのか知っていたことになる。だから決して物盗りに入ったのではない。

慶光寺は周りを高い塀で囲まれているばかりではなく、塀の外をさらに掘割が囲んでいて、容易に外から寺には侵入できない造りになっていた。

寺への出入口は三つ、正門と左右奥の通用門、ここにはそれぞれ大小の石橋がかかっている。

ただ、正門に寺務所がある事を考えると、賊は左右いずれかの通用門の石橋を渡り、そこから寺内に入ったとしか考えられなかった。

果たして賊は、左手通用門の塀に、あらかじめ荒縄を仕掛けておいたらしく、これは今朝方手代が発見したと報告した。

「よし。警護を固めるのは正門あたりと、二つの通用門あたりだな。そこさえ見張っておけばよいだろう。他の箇所から侵入するといってもだ、幅三間の堀を飛び越えねばならぬからな。鳥じゃあるまいし、そんな事は不可能だ」

栗田はしばらくの間、四六時中交替で見張りに立つように、部下たちを指図した。そうした手配を済ませた後で、十四郎とお登勢とともに庫裏に向かった。

庫裏では尼僧が三人の来るのを待っていた。黒紗の法衣をまとった尼僧は、まだほのかな色香を秘めており、町場に住めばさぞやと思われた。

「春月尼様です」

お登勢がその尼を紹介した。

——ああ、この尼僧が槍の上手か。

まじまじと見る十四郎と栗田に、尼僧は手をついた。

「春月尼でござります。ごくろう様でござります」

春月尼は、女たちは朝のお勤めを終え、法粥《ほうじゆく》(朝食の粥)を済ませ、それぞれの部屋に引きとっていると告げた。そうしてお登勢に頷いた。

「現在こちらで修行している方は、上臈《じようろう》格がお一人、御茶《おちゃ》の間《ま》格が三人、御半《おは》下《した》格が六人、計十人でございます。これから春月尼様に上臈格の方から順番にお呼びいただいて、昨夜の賊に何か心当たりはないかお聞きしてみたいと存じますが、それでよろしいでしょうか」

お登勢はそう言い、十四郎と栗田を交互に見た。

「ではそのように……」

栗田が頷くのを見て、春月尼はお長屋になっている女たちの部屋に向かった。

庫裏は寺の台所と食事処、それに尼僧たちの居室と女たちのお長屋(居室)でなっていた。

「お登勢殿、修行している女たちにも格があるのか」

栗田は興味津々の顔をした。

「ええ、そうなんですよ……」

お登勢の説明によると、女たちの格付けは、寺に入る時の扶持金の高で決まった。

通常修行は二年という事になっているが、その間の賄い金を寺に納めて入寺をする。で、その金額が多ければ多いほど日常の生活面で手心を加えてもらえるという仕組みになっていた。

例えば上臈格は扶持金三十両を納めて寺入りした者で、この者の長屋（部屋）には湯殿や厠《かわや》までついている。日常使用する鼻紙の枚数、行灯の油、墨や紙の類いまで他の格の者よりは優遇される。

御茶の間格は金十五両を納めて入った者で、こちらも一人一部屋となってはいるが、湯殿や便所は他の御茶の間格の者たちと共同だった。禅の修行の他に、庭の掃き掃除など軽い労働も課せられていた。

御半下格は三両を納めて入るが、当然こちらは皆相部屋となっていて、湯殿も厠も勿論共同。禅の修行の他に、掃除や洗濯、台所仕事など、寺の日常の雑用全てが課せられていた。

いずれの者たちも、万寿院を頂点にしてなりたっていた。

「上臈格のつねと申します」

春月尼に連れられてやってきた一人目の女が、十四郎たちの前に手をついた。

おつねは本所《ほんじょ》の材木商森田《もりた》屋の内儀であった。夫の五郎兵衛《ごろべえ》が吉原の遊女を、おつねに内緒で身請けして囲っていたことが発覚し、おつねは腹を立てて寺に入った。かれこれ一年になる。

「昨夜の賊だが、その方、覚えはないか」

栗田が聞くと、おつねは勝ち気そうな顔をキッと上げて、

「お役人様、きっと私の夫が差し向けたものと思われます。あの男ならやりかねません」

と訴えた。

「ふむ、心当たりでもあるのだな」

栗田が膝を乗り出すと、

「はい……お役人様に申し上げます。森田屋の身代は二人で頑張って大きくしたものでございます。それなのに今あの人は、若い女と……そう思うと、私、悔しくて悔しくて……それで、せめて三百両の趣意金（今でいう慰謝料）はむしろこちらが欲しいものだと申し入れました。ええ、そうです。先だって橘屋さんのお世話で実家の母に会いました時に……夫宛ての手紙を頼んだのでございます」

「おつねさん、次からは私どもにそういった手紙などもまずお渡し下さいませ。こちらから先方にお渡しします。でないと、以後外との連絡は請け負いかねま

す」

お登勢は厳しい口調でおつねを諫《いさ》めた。

橘屋は、寺に入っている女たちと外との連絡の取次もやっていた。面会も橘屋が中に入って初めて成立する話であった。外との手紙や物品のやりとりは、橘屋も把握しておかなければ、以後の対応に支障をきたすことになる。寺に入っている女たちの勝手な振る舞いは禁止されていた。

「申し訳ございません。以後気をつけます」

おつねはお登勢に謝った後、鬱憤《うっぷん》を晴らすかのように、夫犯人説をぶち上げた。

「夫は女には入れ上げても、本当は金のガリガリ亡者でございますから、三百両惜しさに、私が死んでくれればとあんな賊を送り込んできたに相違ありません。どうか、お役人様の手でお調べ下さいませ」

「相分かった」

おつねが引きあげると、御茶の間格のおその、おみの、お夏《なつ》が順番に呼ばれて調べを受けた。

おそのは柳島《やなぎしま》村の伊助《いすけ》の女房。伊助は村の名主《なぬし》で金銭に不自由は無かったが、姑との不和で寺に入った女であった。

おみのは、神田松永町《まつながちょう》の能役者六右衛門《ろくえもん》の女房。夫が不能と分かり結婚一年足らずで離縁に発展、おみのの持参金百両を返す返さないで揉め、寺に入っていた。

お夏は京橋《きょうばし》にある献残屋《けんざんや》『末広屋《すえひろや》』の女房。夫に嫌気がさして寺に入ったというが、口数が少なく、ただお夏は、夫が自分に刺客を差し向ける筈がないと、それだけはきっぱりと言い切った。

御半下格の六人の女の調べも終えると、既に昼になっていた。

三

「そこなんだが……」

水谷町《みずたにちょう》の蕎麦屋の二階で、栗田は吹き出す汗を拭いながら、自信のない声を出した。蕎麦は十四郎の分まで平らげて、まだ足りなさそうに汁まで飲んだ。

夏至《げし》を過ぎたばかりの日中は陽射しが強く、栗田はその暑さを凌《しの》ぐように、汁を飲み茶を飲み、喉を潤すのに忙しい。それがまた直ぐに汗になって出てくるのだった。

「塙殿はまだ、賊は、女の誰かを狙って侵入したと思っておられるのか」

栗田は、賊が慶光寺に侵入したのは、単なる物盗りだったのかもしれぬと言い出した。

二人で手分けしてひと通り女たちの周辺を洗ってみたが、寺に入っている女をわざわざ殺そうという程の事情を抱えている亭主は、正直、見えてこなかったではないかというのであった。

実際そんな事をして発覚すれば、自身もただでは済まなくなる。女房が寺に駆け込んで腸《はらわた》が煮えくり返る程いっとき腹をたてたとしても、相手は公儀。命を賭けてまでと考えるのは余程のことだ。それが栗田の結論だった。

「私は調べに行き詰まって言っているのではないんだ。上臈格のおつねにしてもだ。調べてみると、夫は今は悔いて囲っていた女を手放している。三百両が惜しくて離縁に同意しないのではないと言っていた。できればもう一度やり直したいとな……そんな男が刺客を差し向ける筈がない。他の女の亭主も似たり寄ったりだ」

栗田はほとほと疲れたという顔をした。

「分かりました。ではこうしましょう。栗田さんには今しばらく寺内の警護をお願いします。それがしはまだ少し調べておきたいことがあります。それでも何も出てこないという事なら、その時はお奉行には物盗りだったと……」

「承知した」

　栗田はほっとした顔をみせた。

「やっ、これで肩の荷が少し軽くなり申した。実をいうと食も進まぬほど考えていた。どうだ、もう一杯蕎麦を食わぬか」

「いや、私はいい」

「そうか、じゃあ止すか……蕎麦代ぐらいは探索費用として貰っているんだが、次にするか」

　栗田は残念そうに立った。


　蕎麦屋の前で栗田と別れた十四郎は京橋に足を向けた。

　京橋の南側、丸太新道《まるたしんみち》に献残屋『末広屋』があった。その店の主が御茶の間格お夏の亭主松五郎《まつごろう》だった。

　十四郎と藤七は、ここ数日松五郎の周辺を洗っていた。

　献残屋は、将軍や大名に献上された品物のうち不用の物を買い取って、これを慶事の祝い物や結納品として売り捌いていた。

　田沼の時代はとうの昔に終わっていても、賄賂や贈答は世間を渡る上で今や必要不可欠のものとなり、まず贈物ありきの世の中では、金品のやり取りは益々盛んとなっている。

　一方で、将軍家や各大名家、旗本屋敷では、不必要な物はみな下賜品として売り捌き、その利益で台所の不足を多少でも補おうとしていたのであった。

　戴き物は元はただ、おまけに品は良質で、献残屋に安く売っても、掻き集めれば馬鹿にならない金額となる。

　世の中全体がそういう風潮だからして、江戸で献残屋の店を張る者は大店《おおだな》だけでも十指を数え、競争も年々熾烈《しれつ》になっていた。

　特に将軍家の下賜品は一級品で、献残屋たちは競って入札に参加し、落札した者がごっそり下賜品を買い取る仕組みになっていた。入札には店の浮沈がかかっていた。そんな中で末広屋は、献残屋仲間のうちでも一際繁盛していたのである。

　ざっと一見しただけでも、店への荷物の搬入搬出が、他店に比べ群を抜いて多かった。雇い人も多く、その中には得体の知れないような浪人も混じっていて、この浪人たちが常に松五郎を警護していた。

お夏は、夫が自分に刺客を向ける理由など全くないと言い切ったが、十四郎が調べたところでは、松五郎は他の女の亭主の誰よりも、危険で、得体の知れない臭いを漂わせていた。

しかも、五年前まで末広屋は、お夏の父親の店だったという複雑な事情も聞いた。

お夏は、実家の身代を乗っ取った男と夫婦になったという事になる。夫婦の仲がそれでうまくいけば問題はない。だが離縁に発展しているという事は、お夏には許せない何かがあったに違いない。

十四郎は、栗田の詮議にきっぱりと夫の関与を否定したお夏の態度が、ずっと心にひっかかっていた。十四郎が末広屋松五郎に執着したわけは、そこにあった。

「十四郎様」

末広屋の前で誰かに呼び止められた気がして振り向くと、薬箱を抱えた柳庵が立っていた。

「これは先生……」

柳庵はしなしなと近付くと、扇子を口に立てて十四郎の耳元に囁いた。

「近藤様も大事なく、日に日に回復なさっておられるようで、よろしゅうござりました」

「先生のお陰です」

「いいえ、お登勢殿の看護の賜物《たまもの》です。近藤様もすこぶる顔色がよろしいようで……」

柳庵は意味深に微笑んだ。

――金五の奴。

十四郎は苦笑した。

十四郎が今朝橋屋に立ち寄った時も、金五は「お登勢、お登勢」と些細な事でもお登勢を呼んで、まるで亭主か弟のような顔付きをして座っていた。するとお登勢から、

「おたかが控えておりますから、おたかにお申し付け下さいませ」

やんわりと躱されて、口をとんがらせていたのを思い出した。

「それはそうと、十四郎様は例の調べでこちらの方へ？」

「まあそういう事だ」

「末広屋ですか」

「うむ」

「何か分かりましたか」

「これからだが……」

「そうですか……だったらどうでしょう。世間話をしながらどこかでしるこでも」

「しるこ」

「はい。私はお酒は駄目ですが、甘い物は大好きです」

「しかし、これからどこぞに参られるのではないのか」

「親父殿に頼まれて、この先の両替商の主の容体を診に参るのですが、命がどうのという病でもございませんし……」

「そうか……じゃあすぐそこの京橋の橋の袂に甘い物を出す店があったと思うが、そこではいかがか」

「結構です、では……」

二人は男連れで女客ばかりの店に上がった。

柳庵は、奥の小座敷に座ると早速しるこを注文した。そして小女《こおんな》が遠ざかるのを待って、小座敷の仕切り屏風の隣に人のいないのを確かめた後、まっすぐに十四郎を見て言った。

「さて、十四郎様は末広屋をどこまでお調べかお聞かせ下さい。実は献残屋については表医師の父からいろいろと面白い話を聞いております。私も橘屋には少なからず御縁があります。何かお役に立てればと思いまして」

女形になりそこなった変わり者の医者だと思っていたが、十四郎の目をぴたりと捉えた引き締まった目尻には、なるほど敏なるものが窺えた。

十四郎が調べはまだ緒《しょ》についたばかりだと掻い摘まんで説明すると、

「実は、前の主は殺されたんじゃないかという噂があったんです」

「何、前の主というと、今、寺に入っている……」

「お夏の父親です。そして今の主、お夏の亭主松五郎ですが、その事件の張本人じゃなかったかと……」

「それでは父親を殺したかもしれない相手とお夏は夫婦になったという事か」

「そういう事です。実は松五郎は以前は『菱田《ひしだ》屋』という入札資格もない小さな献残屋でした。どこでどうなっていたのか、お夏の父親が亡くなってまもなく、松五郎は末広屋を手に入れた」

「まことの話か」

「はい……末広屋は、ああ、亡くなったお夏の父親のことですが、表向きは変死となっている筈です」

　と、言葉を切り、扇子でパタパタと襟元に風を送った。

「真実は、千代田城の下賜品の入札のあった日に、何者かに斬り殺されたと……その日は、末広屋が下賜品を落札した日だったと聞いています。検死は町方がやっている筈ですが、上からの口封じがあったのか闇に葬られてしまったようです。このことは、お城のお医師の溜まりでも噂になっていたようです」

「なぜだ……なぜ口封じを」

「千代田城の下賜品を争っての刃傷沙汰だとすると、公になれば困る人がいた、という事だと思いますが」

「町奉行まで押さえる力がある者となると、一介の商人ではかなわぬ話だ……そうか、御納戸頭か」

　十四郎は腕を組んだ。

　将軍の手元にある金銀、衣服や調度、大名旗本から献上される品々を掌握する御納戸頭は二名いるが、一名はもっぱら収納を取り扱っていて、払い方と呼ばれるもう一名が、下賜品を一手に取り扱っていると聞く。

「当時から御納戸頭の柴田九郎左衛門《しばたくろうざえもん》様は、とかくの噂のあるお方でしたから

「……」

柴田は、旗本や大名が将軍家に献上した品が悪いの少ないのと因縁をつけて脅し、内済金《ないさいきん》として金品を巻き上げている。だが誰も柴田に反駁《はんばく》する者はいないのだと柳庵は言った。

「不手際を上様に報告するなどと言われては、どんなお咎《とが》めがあるかと、みな口をつぐむのです。柴田様の禄は八百石、何程でもない身分なのに、お上のご威光をちらつかせて、不正を働いているのです……とまあ、これは、私が父から仕入れた話ですが」

「かたじけない、大いに参考になり申した。恩にきます」

十四郎は膝を直して、礼を述べた。

柳庵はくすくす笑って、

「なるほど、お登勢殿のおっしゃる通り」

「何がだ」

「仕事のことしか頭にない唐変木《とうへんぼく》」

「俺が？」

「はい」

と見た目がなまめかしい。ぞくっとして、

「馬鹿な」

「だったら、一つ、お聞きしてもよろしいですか」

「ああ」

「まだお一人だと聞きましたが、どなたか心にかかるお方でもおられるのですか」

「いや、なぜそのような事を聞く」

「だから唐変木と申しているのです」

柳庵は扇子で口元を隠し、艶やかに目で笑った。

四

「おあきさん？……」

男は草取りの手を休め、腰の手ぬぐいで汗をぬぐった。陽ざかりの熱射が、男にも十四郎にも容赦なく降り注ぐ。

「そうだ、以前府内の京橋にある末広屋で奉公していたお人だが、知らぬか」

十四郎は、網代笠をぐいと上げて、陽に焼けた男の黒い顔にもう一度聞いた。

「お武家様、ここは葛飾《かつしか》の小梅《こうめ》村だが、間違いないかね」

「確か、鼻欠《はなかけ》地蔵があって、その近くで紫草を作っていると聞いているが……」

「ああ、その人なら、もう少し向こうだで。この道まっすぐいったところだ。その向こうだ。おあきさんというのは、もう婆さんだろ」

「六十半ばだと聞いている」

「間違いねえ。ほら、向こうに森が見えるだべ、あの手前だ」

男はそう言うと腰を屈めた。十四郎に説明していた時間を惜しむように、両手でかきむしるようにして草を抜く。

十四郎は、男の背中に礼を言い、男が指した森に向かった。

昨夕、十四郎はお登勢から、お夏には身内はいないが、お夏にとって乳母のような存在だった奉公人なら居場所を知っていると聞いた。

それが、おあきという婆さんだった。

お登勢の話によれば、おあきは、お夏が生まれた時から側にいて世話をしてきた人だったが、お夏の父親が死に、店が人の手に渡った後、生まれ在所に帰っていったのだという。

お夏が寺に入って間もない頃に、一度だけ、おあきは橘屋を訪ねてきた事がある。勿論その時、お夏が離縁を望んで寺に入っているなどとは全く知らないで村から出てきたようだった。

おあきが末広屋を訪ねてみたら、店の者からお夏は慶光寺に入っていると言われ、それで橘屋を訪ねてきたのだった。

「お可哀相なお嬢様……旦那様がお亡くなりにならなければ、こんなことにはならなかったでしょうに」

おあきはさめざめと泣き、お登勢にくれぐれもよろしく頼むと言い、自分で紫草を栽培し、その根で染め上げたという江戸紫の縮緬生地をお夏に渡してほしいと置いていった。

紫草は武蔵野に昔から自生していた草だったが、薬にも染めにも使われて、平安の時代から京ではその根が珍重されてきた。

享保《きようほう》の時代、時の将軍吉宗が吹上御庭《ふきあげ》でこれを栽培、古代色に染め出すことに成功して以来、江戸紫として流行し、武蔵野ではこれを栽培する百姓が増えていた。

おあきは、この小梅村に引っ込んでから、試しに栽培を始めたらしいが、今では唯一の生活の糧になっていると、お登勢に話していたのである。

　おあきが橘屋に現れたのはそれっきりだったが、お登勢はその時おあきの在所を聞いていた。

「お夏さんは、寺に駆け込んだ時から、ほんとうに、なんにも、詳しいことは言いたくないといった風でした。とにかく松五郎とは別れたい、どうしても別れなければならないのだと言うばかりで……何か深い事情があるとは思っていたのですが」

　お登勢はそう言い、松五郎との話し合いもこれからだったが、他の女に比べお夏は口数が少なくて困っていたのだと言った。

　だから昔の事情を聞き出すのなら、おあきが一番いいのではないかと言ったのである。

　側で話を聞いていた金五も、

「確かにお夏は他の女たちとは態度が違うな。寺に入れば、一応離縁は約束されたようなものだろ。窮屈な生活でも先に希望がある。それでたいがいの女は一月《ひとつき》もすると明るくなるんだ。声にも表情にも張りが出て……だが、お夏だけは、何かを秘めてじっと待っている、思い詰めて日常を送っている感じなんだ」

と、何が原因なのか見当もつかないという顔をした。

そういえば、栗田と今度の事件の詮議をした時も、お夏だけは端《はな》から自分には関係ないという顔をした。

お登勢の言う通り、お夏に昔の事を尋ねたところで何も言うまい。

昨夕のそんな話を追想しながら、十四郎は野道の両側に広がる青々と伸びた稲の穂を眺めながら森に向かった。

すると、いきどまりに鼻の欠けた地蔵が立っていて、側の畑で白い小さな花の群れと戯れるように作業する老女が目に止まった。

「おあきさんだね」

紫草の中に分け入って声を掛けるが、蟬しぐれで十四郎の声はかき消されたようだった。

近くによって肩を叩いた。皺だらけの顔を驚いたように向けた。

「橘屋の者だが、お夏さんのことについて、聞きたいことがあるんだが……」

十四郎はおあきの耳元で告げた。今度はよく聞こえたらしく、おあきは十四郎の体に上から下まで目を這わせた後、頷いた。

「塙十四郎様とおっしゃいましたね。本当にお嬢様を助けて下さるんでしたら、私、なにもかも知っていることをお話しします」

おあきは家屋とは名ばかりのあばら屋に十四郎を案内して、汲んできた湧き水を木の椀に入れ、差し出した。

狭い土間には、江戸染めの材料の、紫草の根の束が、竹籠の中に積み上げるように入っていた。

「私もこの歳では、いつお迎えが来るか分かりません。誰かに話を聞いておいてほしい、そう思っていたところです」

おあきは膝を揃えて、十四郎を見た。

「承知した。何でも話してくれ。橘屋は女たちの味方だ。どんなに女たちが不利な事情を抱えていても、女の身になって事を処理する。それが信条なのだ」

「分かりました。それを聞いて安心してお話しできます」

まず……とおあきは、先代末広屋の主、お夏の父親は変死などではなく、何者かに斬られたのだと言った。

ところがすぐに侍がやってきて、他言は無用だ、他言すればおまえたちまで処罰されると言ったのだという。

その侍は、お夏の父親が死ぬことになったのは、下賜品の入札で不正を働いたからだと言い、父親が不正のために死んだという事を世間に知られたくなかったら、早急に店を畳んでどこかに去れと強要した。

そうこうしているうちに乗り込んできたのが、当時小商いの店をやっていた松五郎だった。

松五郎は、この店はお上から譲り受けたと言い、わずかの金をお夏の母親のお千代《ちよ》に渡して、一家を追い出したのであった。

お千代とお夏は、それで奉公人たちとも、別れ別れになった。だがおあきは、しばらくお夏親子と浅草寺《せんそうじ》の近くの裏店で一緒に住んでいた。

お夏が不忍池《しのばずのいけ》の池之端《いけのはた》の小料理屋で働き、おあきは病気で寝ついてしまったお千代の看病をしていたのである。

池之端の小料理屋は、料理を出すだけではなくて、女の春も売っていた。店の女将《おかみ》から、度々客の相手をするようにいわれたが、お夏はそれだけは嫌だと断っていた。

ところがまもなく、お夏は佐太郎《さたろう》という遊び人にしつこく言い寄られるようになり、困ったお夏は、もと手代だった清七《せいしち》に相談した。

清七とは父親が元気なうちに夫婦になる約束が出来ていた。

父が死に、店を松五郎に取られて出ていくことになった時、清七はお夏に、しばらくの間働いて金を貯め、小さな店でも持てるようになった時に一緒になろうと約束した。だから清七は、この時相生町《あいおいちょう》の小間物屋に勤めていた。

その清七から、佐太郎にはきっぱりと断りを入れるように、お夏は厳しく言われたのである。

数日後のことであった。佐太郎から呼び出しを受けたお夏は、約束した不忍池のほとりに向かった。場所は池のほとりにある小さな稲荷の祠《ほこら》の前、清七もおっつけ追いかけて来てくれる筈だった。

ところが約束の場所でお夏が見たのは、腹を抱えて蹲っている佐太郎だった。

「佐太郎さん……」

お夏が怖々《こわごわ》、佐太郎の肩に手を掛けると、佐太郎はぐらりと仰向けに倒れたのである。

「ああっ」

お夏は驚愕して息を呑んだ。

佐太郎の腹には包丁が刺さっていて、既に事切れていた。

「人殺しだ！」

通りすがりの者に見られたお夏は、すぐに番屋に引っ張られた。

お夏がいくら殺しを否定しても信じて貰えず、窮地に陥った時、清七が自分が殺ったと自訴して出た。

それでお夏は助かったが、清七は色恋沙汰の末の犯行とされ、八丈島《はちじょうじま》に遠島《えんとう》になったのである。

「清七さんは人殺しなんて出来る人ではないんです。私には分かっていました。お嬢様を助けたい一心で罪を被ったんだと……。あの頃はなにかしら、物事が悪い方へ悪い方へ行くようで、神も仏もないものかと恨みました」

そんな事があってから、お夏の母親お千代の病はますます重くなる一方で、そこへ松五郎が一緒にならないかといってきた。

頼りとする清七は八丈島、お夏は母親の薬代を捻出したいがために、松五郎と一緒になったというのである。

しかしお千代は、そんな苦労の甲斐もなく、まもなく死んだ。それでおあきも、この小梅村に帰ってきたのだと言った。

「あれから、かれこれ三年になるでしょうか。いろいろと考えてみたんですよ。

すると、あれもこれも何か罠《わな》にはまっていったような、今そんな気がしてくるんです」

「そうか……よく分かった、悪いようにはせぬ」

「お夏お嬢様をよろしくお願い致します」

おあきは、農作業でささくれだった手を合わせた。

十四郎は蟬しぐれに送られて、おあきが家の周りの猫の額のような畑から抜いてくれた大根をぶら下げて、元来た道を引き返した。

「まあ、見事な大根ですこと、おあきさんもよくあのお年で……」

お登勢は土のついた大根を引き取って、感心し、

「お民ちゃん」

お民を呼ぶと、

「何か十四郎様のお好きなもの、後で作りますから」

と大根を手渡した。

「あら、おかみさんがお作りになるんですか」

「そうよ、どうして」

するとお民は首を竦《すく》め、十四郎に笑顔を向けて、

「十四郎様、おかみさんの手料理なんて、めったに頂けませんよ。良かったですね」

「何を言ってるの。早く行きなさい」

お登勢が慌てた。

「で、いかがでしたか」

お登勢は、十四郎と奥の仏間で対座した。

「金五は？……もう良いのか」

十四郎は部屋の隅に片付けられた布団に気付いた。

「良い訳がありません。でもどうしてもあの殺人剣のことが気になるらしくって、神田の道場の方へ参りました。心配だから、藤七にお供をさせました」

「そうか……」

金五が慶光寺で侵入した賊に斬りつけられて、かれこれ半月近くになる。昨日柳庵からも回復著しいとは聞いていたが、まだ出歩けるほど治っているとは思えない。

――お登勢の手前張り切って……しかし何もなければよいが。

金五らしいと苦笑した。

お登勢は、十四郎の話を聞いた後、

「実は、藤七の調べでも、ちょっと気になる事が……お夏さんが小料理屋に勤めていた頃、つきまとっていた佐太郎という人ですが、末広屋の松五郎とは親分子分の仲だったたっていうんです。しかも松五郎の在所は、御納戸頭柴田様の御領地内」

「ほんとうか」

「臭いますでしょ。おあきさんのいう通り、当初からなにもかも仕組まれていたのかもしれません」

「松波さんに会ってくる」

十四郎は立った。

「今からですか……ちょっと待って下さい。お食事、すぐに用意しますから。十四郎様のお気に入りの京豆腐も入ってます」

「いや、後日ゆっくり頂こう」

「では、お茶漬けだけでも。そうして下さい」

お登勢はそう言うと、素早く袖の袂を帯に挟んで、台所に走っていった。

五

「そうでしたか。近藤さんは傷を負われて……しかし大事がなくて良かったですな。実は、近藤さんをお訪ねしようと思っていたところだったのです」

北町奉行所与力松波孫一郎は、片与力町の組屋敷を訪ねていった十四郎を座敷に上げて、厳しい表情を見せた。

二人の間には、先程松波の妻女が出してくれた冷や麦と水羊羹が置いてある。

町奉行所の与力の台所は、旗本や大名からの付け届けが多く、実際の禄高より余程潤っていると聞いていたが、さりげない茶菓子にもそういった実情が窺えた。

「と、申されると……」

十四郎は冷や麦を手にとって、松波を見た。

「塙殿は、慶光寺に入っているお夏という女をご存じか」

「むろん……実はお夏にまつわる話で参ったのです」

「じゃあ、清七という男は」

「知っている。そのこともお聞きしたい」

「ならば話は早い。実は、清七が島抜けをしたのです」

「それはまた、いつのことです」

「知らせを受けたのは十日程前だ。八丈島の島役人の報告では、半月前、清七は村民の舟を盗み、浪人や、もと女郎の女たちと一緒に、総勢五人で抜けている。八丈島から江戸までは凡《およ》そ七十四里（約二百九十キロ）。この時期だ、時化《しけ》がなければ八丈島から伊豆《いず》方向に吹く追い風に乗って十日もあれば江戸に着く。江戸に上陸したかどうかは不明だが、上陸していればきっとお夏に会いに行く……」

　意外な話になったと思った。まさか松波の方から先に、お夏の話が出るとは思ってもみなかった。だが、それ以上に、清七が島抜けをしたという話は、時期が時期なだけに驚いた。

「しかし、清七は馬鹿な真似をした。先立って上様が重い夏風邪にかかられて臥せっておられたが、無事御快癒《かいゆ》あそばされてご赦免《しやめん》船が出ることになっておった。清七はその船で帰れる手筈になっていたのだ」

「松波殿、遠島になってまだ間もない清七が赦免の中に選ばれていたという事は、奉行所も清七の裁きについては、何か不都合なことがあったと感じておられたのでしょうか……実は」

と、十四郎は掻い摘まんで、いままで調べてきた話を告げた。

「うむ。そのようです。当初から清七の自訴についてはいろいろと言われていた。実際、佐太郎が殺された刻限に、清七が歩いているのを見た人がいたんです。それも事件の現場から遠く離れた日本橋だ。そういう事情が知れたにもかかわらず、急遽決裁が下りたのは、さる御仁の意向があったからだ」

「その御仁とは、もしや御納戸頭の」

「柴田九郎左衛門」

「やはりそうですか……」

「柴田様は、本人が殺ったと言っているんだから、早く処理すればいいんだと、そう言ったというんです。全く奉行所に関係のない人がなぜだという気がするが、かの御仁は前々からとかくの噂のある人だった。上様の力をちらつかせ、一方では金に物をいわせて、役所のあちらこちらに干渉してくる。私も前々からそんな金がどうしてあるのかと訝しく思っていたが、十四郎殿の話を聞いて納得した」

しかし……と松波は渋い顔をした。

「いかんせん、柴田様については我々は手が出せぬ」

「献残屋ならば問題ないでしょう」

「むろんだ」

「松波殿は、前の末広屋、つまりお夏の父親ですが、斬り殺されたという話はご存じですか」

「あれは確か南が関わったようだったが、あれも不可解な話でした……そうか、早速調べてみよう。すまぬがそちらも、清七の件については協力を頼みたい」

「承知しました」


松波の家を出ると、外は既に夕闇に包まれていた。

真っ直ぐ米沢町の長屋に帰るつもりで北に向いたが、気が変わった。南に向いて本八丁堀通りに出れば、京橋は目と鼻の先、末広屋松五郎の店がある。

十四郎は弾正橋《だんじようばし》を渡り白魚橋《しらうおばし》をゆっくりと渡った。水辺から上がって来る涼風が心地好い。

若い男女がもつれ合うように行き過ぎるのを見送って、水谷町から京橋の袂に出、丸太新道に足を掛けたその時、黒い影がひとつ薄明りの軒下を突っ切って、角の防火用の天水桶《てんすいおけ》に身を隠すのが見えた。

するとその後ろから、裾をはしょった人相の良くない男たちが数名、血相をかえて走ってきた。

「どこへ行きやがった……」

半纏《はんてん》を着た兄貴格の男が、立ち止まって闇に目を凝らし、くるりと体を一回転させながら辺り一帯を窺った。

その時、男の半纏の背に染め抜いた丸に末の字が目に止まった。

——末広屋の者か。

十四郎が立ち止まった時、

「おい……」

その男が顎をしゃくると、皆一斉に十四郎の側を走り抜け、二手に分かれて散っていった。

十四郎は、追っ手の男たちの姿が遠くに消えるのを待って、天水桶に近付いた。

「逃げるのなら今のうちだぞ」

すると、月代《さかやき》も口髭も伸び放題で、夜目にも薄汚れているのが分かる袖なしの茶色の短衣をまとった男が、のそりと出てきた。

その姿に、十四郎の方が思わず声を出しそうになった。

「恩にきます」

走り去ろうとしたその男を、十四郎は呼び止めた。

「待ちなさい」

一瞬男の背中が固まった。

「お前は、清七ではないのか」

と声をかけるや、男は脱兎のごとく駆け出した。

「待て」

十四郎の小柄《こづか》が飛んだ。

あっ——と男は声を発し、つんのめって膝をついた。

男の草履の踵には、十四郎が投げた小柄が突き刺さっていた。

「な、何するんだ」

男は、怯えた目で、十四郎を見迎えた。


「名を、名乗らなくても、知ろうと思えば知れるのだ。番屋にお前を突き出せばすむことだ」

十四郎はがらくたをほうり込んだ小箱の中から鋏《はさみ》を探し出して、心細くなった灯芯をパチリと切った。

ジジッという音がして、強くなった灯のひかりが、口を引き結んでうなだれている男の横顔をくっきりと映し出した。

米沢町の裏店に男を連れ帰って、かれこれ一刻は過ぎている。

十四郎は釜の中に残っていた冷えた飯に塩をまぶし、握り飯にして男の前に置いてやったが、それも手付かずのままだった。

お夏やおあきの昔の話にも口を開こうとしなかった。

ただ、お夏の名を出した時、その時だけは激しい感情が突き上げるのか、抗《あらが》い切れずに表情が揺れた。

目の前の男は清七に違いない。十四郎はそう思った。

だがこの男が、清七と名乗った時、松波との約束をどうするか迷っていた。

島抜けをした人の末路は死罪である。市中引き回しの上、打ち首であった。つい先年も、島抜けをした連中が処刑された。

清七が無実の罪で遠島になっていたという事情を差し引いても、今度の島抜けの大罪はもう免れない。清七のこの先の身は決定している。

荒波にもまれながら、命からがら府内にたどり着いた清七の気持ちを思えば、出来れば逃がしてやりたいものだと十四郎は考える。それも、せめて一度だけでもお夏に会わせてやりたい——。

「なぜ、末広屋に追われていた……お夏に会いにいったのではないのか」

「あんたは……」

男は言いよどむが、

「誰なんですか。何者なんだ」

突然鎌首をもたげた。鋭い目付きに、犯罪者たちと暮らした月日が窺えた。

「俺は、駆け込み寺慶光寺の寺宿橘屋の者で塙十四郎という」

「慶光寺の？」

男の目が、光った。

「そうだ、訳あって今末広屋松五郎を調べている。お夏が、松五郎に命を狙われたのではないかとな。お前が正直に名乗ってくれれば、その話をしたい」

「会わせてくれ、お夏お嬢様に会わせてくれ」

堰《せき》を切ったように男が言った。

「清七だな」

「そうだ、俺は清七だ。さっき、末広屋の下働きの女からお夏お嬢様のことを聞いた。どうしても、お夏お嬢様に伝えておきたい事がある。俺も、お夏お嬢様も、松五郎に計られたんだ。何もかも、松五郎たちの罠だったんだ。そのことを伝えたくて……」

「清七……」

「俺の首は飛んでもいい。俺は覚悟の上で島を抜けてきた。お夏お嬢様を助けたい、殺された旦那様にご恩を返したいと……塙様、一度でいい、お嬢様に会わせて下さい」

清七は側に十四郎がいるのも憚《はばか》らず、皆まで言えず、どっと溢れてくる涙を膝に落とした。はらわたが今にも飛び出しそうな嗚咽《おえつ》を上げた。

六

「清七は八丈島で仙吉《せんきち》という松五郎と遊び仲間だった者と知り合いになったんだ。その仙吉から、松五郎が先代の末広屋の主を殺し、店を乗っ取り、お夏を手に入れるために佐太郎を使って嫌がらせをし、その佐太郎の命を奪ってお夏をがんじがらめにしたと聞いたんだ。佐太郎の命をとったのは松五郎だったのだ。松五郎にしてみれば、清七がお夏を助けるために罪を被ったことは、もっけの幸い、柴田九郎左衛門の力を借りて奉行所に手を打ったんだと……」

「なんてことなんでしょう」

お登勢は溜め息をつき、

「その、清七さんですが、今どこにいるんですか」

「俺の裏店にいるが、外には出るなと言ってある。いずれ松波殿にも金五にも打ち明けるが、今はいえぬ。お登勢殿にはそのつもりでいてほしいのだ」

「承知しました。で、これからどうします？」

「お夏に会ってみようかと思っている」

「そうですね……幸い今日は、栗田様は御奉行所に参られました。近藤様は例の殺人剣のことでお出かけになりましたし、藤七も出ております」

「うむ」

二人は連れ立って慶光寺の庫裏に向かった。

お夏は、春月尼に支えられるようにして出てきて、庫裏の板間に座した。横になっていたのか、こぼれ落ちるおくれ毛を何度も撫で付けた。その白い二の腕も、体の線も、ひとまわり細くなったように見えた。

「どこか具合でも悪いのか」

十四郎の問い掛けに、お夏は下を向いたまま「いえ」と答えた。

「あれ以来、食事が少しもとれないのです」

春月尼は途方にくれたような顔をして言って、座を外して奥へひっこんだ。

十四郎が、お夏のあまりの窶れように声を掛けるのをためらっていると、お登勢が、

「お夏さん」

と厳しい声で呼び掛けた。

「あなたの病は、心の病と違いますか。誰にも言えなくて、それで悩んで……でも今日は、ここにいるのは私と十四郎様だけですから、なんでも話して下さらないといけませんよ。あなたに都合の悪いことは近藤様にはもちろん、誰にも口外致しませんから」

「……はい」

お夏は小さく頷いた。

「まず、例の賊のことですが、本当に心当たりはありませんか」

「………」

「あるんですね」

「……」

「橋屋に嘘をついてもらっては困りますよ。なにも隠し事をしない、そういう事で、あなたの希望が叶うように尽力しているんですからね。離縁の訴訟ごとも、そこから始まるんですから。近藤様だって命をかけて皆さんを守って下さっているんです。それはあなたもご存じでしょう?……あなたには、私たちに真実を話す務めがあります」

お登勢はぴしりと言った。だが、全身で相手の心の中にある闇の部分も引き受けるという固い熱意が、側にいる十四郎にまで伝わってきた。

「申し訳ございません」

お夏はお登勢の前に手をついた。

「嘘をつくつもりはございませんでした。でも、松五郎が怖くて、それで……」

お夏は半年前、偶然松五郎の不正を知った。手文庫の中から下賜品の落札に関する不正の手紙を見つけたのだ。

手紙の主は御納戸頭の柴田。柴田は松五郎に落札価格や品の種類など事前にこと細かに知らせてきており、見返りとしての献金額も記されていた。

その手紙を持ったまま、お夏は寺に駆け込んだのだ。

単なる不正への憤りだけではなく、お夏は以前から、松五郎が父の死に関わっているのではと考えていた。松五郎と結婚したのもそれを知りたいという気持ちがあった。

しかし今、お夏は松五郎の女房である。女房のままで夫を告発すれば、法の上では訴えた自分もお咎めを受ける。

そこで寺に入って無事、離縁が叶ったところで、松五郎を訴えようと考えたのだ。

ところが寺入りしてまもなく、不正の証拠をお夏が持ち出したと知った松五郎が、慶光寺に出入りする小商人を使って脅しをかけてきた。

「余計なことをすれば、八丈島にいる清七さんを殺す、いくらでもつてがあるんだと……。ですからこの間の賊は、私の命をとることと、手紙を取り返そうとしてお寺に入ったのだと思います」

お夏は話し終わると、袂から不正の証拠だという手紙を出して、お登勢の膝前に置いた。

「お夏、よく話してくれた。実は清七だが、今俺のところにいるぞ」

「清七さんが！……帰ってきたんですか」

「抜けてきたんだ、島を……」

「じゃあ清七さんは、まさか」

「死を覚悟して抜けてきたんだ。おまえの父親も、それから佐太郎も、実は松五郎が殺ったと分かった。それを伝えたくてな」

お夏は、わっと泣き崩れた。

「悪は必ず成敗される。俺もお登勢殿も、おまえや清七の心を無駄にはせぬ。約束するぞ」

「清七さんに会いたい……」

お夏は身をよじるようにして呟いた。

「きっとな。しばらく待て」


十四郎とお登勢は、心に誰にも明かせない重い荷を背負い、陽ざしの中に踏み出した。

なんとしてでもお夏と清七を会わせてやりたい……だがその逢瀬《おうせ》は今生《こんじょう》の別れとなる。

黙然《もくねん》として歩いていると、木立の梢《こずえ》に吹く涼風も、遠くに聞こえる蝉の声も、どこか次元の違う遠い空間で起きているかのようだった。

十四郎には、お登勢と自分の踏む、乾いた玉砂利の音だけが胸に響いた。

すると、満々たる水をたたえた鏡池で、銀色が跳ねた。

「鯉《こい》ですね……鮒《ふな》かしら」

お登勢がふと我に返ったように言った。

「あれは鮒ですよ、お登勢様」

知らぬ間に、目の前に紺地の半纏を着た男が近付いて来た。

「まあ嵯峨野《さがの》屋さん……もうお体はよろしいのですか」

お登勢は硬い表情を一変させて、おかみの顔に戻っていた。

「いやー、夏風邪で半月も寝込むなんて初めてでした。ご迷惑をおかけしました。

慶光寺さんにも今お詫びに上がるところです」

「それはそれは……」

「で、こちらのお方なんですね、京豆腐をお好きというのは」

嵯峨野屋は十四郎に愛想笑いをチラッと送って、

「女房がね、お登勢様が大切なお方に食べていただくんだとおっしゃっている、
だから大変なんだって言いましてね。よくよく吟味してお届けしなくちゃならな

いなんて張り切りまして、あっしもどんなお方のことをおっしゃっているのかと楽しみにしておりましたが、いやいやなるほど、遠目からも、お二人は、よーくお似合いでございました」

「嵯峨野屋さん」

お登勢が睨むと、

「こりゃまた、口がすべっちまいました。滑るのは豆腐の肌だけでいいって、女房に叱られちまいまさ」

男は、テンと頭を叩いて、庫裏へ向かった。

「冗談が歩いているような人ですから、気になさらないで下さいまし」

歩き出してすぐ、お登勢は頬を赤くして言った。

「いやなに……」

十四郎は頭を掻いて、足元に視線を投げた。その目に、裾をさばくお登勢の白い足が飛び込んできた。

七

「おぬし、ここにいたのか。探したぞ」

三ツ屋の二階で胸元を広げ、隅田川の涼風を受けていると、白い三角巾で腕を吊った金五が来た。金五の後ろには松波もいた。

「夜食をな、作ってもらってるんだ今」

十四郎は匿《かくま》っている清七の弁当を頼んでいた。

「夜食？……おまえが食うのか」

金五は訝しげな視線を向けた。

「決まってるじゃないか。それよりいいのか、腕の傷は」

「大丈夫だ。明日にも栗田さんには引き取って貰おうかと思っている。それより十四郎、たいへんなことが分かったぞ」

金五は松波と二人、十四郎の前に座った。

「まず、殺人剣だが、主が分かった」

「何……」

「鬼頭数馬《きとうかずま》という剣客だ」

「鬼頭数馬……」

「おぬしが伊沢道場をやめてからの話だが、三年前、神田の道場で噂になっていた道場破りがいたんだが、それが鬼頭数馬だった。伊沢先生のご尽力で、そ奴があの賊だったと分かったんだ」

金五はここ数日、府内の剣の道場をかたっぱしから当たっていた。一方で、恩師の伊沢道場主、伊沢忠兵衛《ちゅうべえ》にも賊の話をし、協力を願っていた。

それが今日になって忠兵衛から呼び出しがあり、訪ねてみると賊は鬼頭数馬ではないかと言ったのである。

忠兵衛はつてを頼って、薩摩藩邸で藩士に指南をしているある人物に会った。

そこで、五年前に酒の席で上役を斬り、脱藩した鬼頭という男の名を聞いたのだった。しかも薩摩藩の指南役は、その鬼頭が、先頃御府内に潜伏しているのを藩士がつきとめたところだと言った。

「驚くな。鬼頭は今どこにいると思う?」

「末広屋か」

「そうだ。末広屋の飼い犬になっておる。三年前からだそうだ」

「三年前……お夏の父親が斬り殺されたのも、確か三年前」

十四郎が松波に顔を向けると、松波は険しい顔で頷いて、

「南の書類を見て分かったことは、お夏の父親の死は変死などではない、斬られて死んでいた」

「うむ……」

「しかもその斬り口だが、記載によれば、額を割られ、左肩から袈裟懸けに斬られていた。近藤殿が受けた太刀筋と一致する。お夏の父親は鬼頭数馬に斬られたのだ。間違いない」

「証拠は揃ったな、金五」

十四郎は金五を見た。

「許せぬ。腹に据え兼ねる」

金五は拳を握った。

八

松五郎一行は、両国橋の袂にある小料理屋の屋根舟に乗り込んで、隅田川を上

り、吾妻橋をくぐって右手に水戸の下屋敷をのぞみながら、更に川上へと向かって行く。

舟には、松五郎と店の手代一人、御納戸頭柴田九郎左衛門、柴田の供一人、そして警護の浪人二人の総勢六人が乗り込んでいる。

その後をピタリと尾ける猪牙舟《ちょきぶね》には、十四郎と藤七が乗っていた。

三ツ屋の二階で、献残屋松五郎一味の全てが知れて三日目の今日、松五郎は御納戸頭柴田九郎左衛門と小料理屋で会い、その後、舟で川上に移動し始めたのである。

向島《むこうじま》には末広屋の寮がある。十四郎は徒目付栗田と金五に使いを出し、藤七と二人で松五郎たちを追ってきた。

これで奴らを捕縛できれば、お夏に清七を会わせ、その後清七の命の嘆願をするつもりであった。

十四郎の目は両岸の景観を撫でながら、その実、ずっと前を行く舟を捉えている。だが気付くと、先程まで隅田川の涼を楽しむ屋根舟に近付いていて、瓜や饅頭《まんじゅう》を売っていた猪牙舟の連中が潮がひくように見えなくなっていた。

「十四郎様、まもなくでございます」

藤七は、前を行く屋根舟に悟られぬよう、菰《こも》を取り出して自分も肩に巻き、十四郎にも手渡した。

屋根舟は、寺島村《てらじま》の岸辺に入った。

このあたりは幾つかの湾が出入りしているが、松五郎の持つ寮は、一つ目の湾を入った川岸沿いの、瀟洒《しようしや》な屋敷だと聞いている。

辺りには桜並木が続いていた。春には夜っぴて人出も多く賑やかに違いない。だが、この季節は青葉ばかりで人影はすでに絶え、静かに夜の帳を待っていた。

「船頭、ここでいい。お前は引き返せ」

「へ、へい。ありがとうございました」

十四郎は前を行く屋根舟が、松五郎たちを岸に降ろして引き返すのを見届けた後、猪牙舟を降り、ぞろぞろと寮に向かおうとしていた松五郎たち一行の前に走った。

「何者だ」

立ち塞がった十四郎に松五郎は身構えた。だがすぐに藤七の姿を見て、

「これは、橘屋の……。このような所まで、また何のご用でございますか」

白々しい顔を向けた。

「松五郎、お前たちの悪行は終わりだ。そこにいる御納戸頭と不正を働いた証拠は既にあがっておる。邪魔者を殺し、清七を罪に陥れ、お夏の命まで奪おうとした悪の数々、許せぬ。神妙に致せ」

「これは異《い》なことを、柴田様、この狼藉者《ろうぜきもの》をいかが致しましょうか」

松五郎はせせら笑って、酔眼《すいがん》を見開いて、しまりのない顔をしてそこに突っ立っている柴田に聞いた。

柴田は揺れる体を両足で踏ん張って、

「面白い。たかが浪人一人、斬れ。斬ってその首、今宵の余興に献上しろ。殺れ！」

面白そうに叫んだのである。

浪人二人が抜刀して前に出た。

「藤七、お前は下がっておれ」

十四郎は素早く一方に走った。

浪人二人も抜き身をぶら下げたまま、十四郎を追ってきた。

その間、わずか呼吸にして一つか二つ、十四郎は桜並木の土手の斜面を背にして立った。

浪人二人のうちのいずれかが、お夏の父親を殺し、金五を斬った鬼頭数馬の筈である。

仮に鬼頭に土手の斜面を与えれば、地の利を利用して斜面を蹴って打ち据えてくる。その衝撃は、平面から飛び上がって打ってきた時よりも当然強い。

果たして、十四郎の左手に走り込んできた浪人が、ぐいと剣を右肩頭上に振り上げて立った。

――トンボだ。

子供がトンボをとる時の所作《しょさ》、右手に石を摑み振り上げた姿勢に左手を添えて立つ……それが噂で聞いたトンボと呼ばれる必殺剣の構えであった。

「おぬしが、鬼頭数馬だな」

十四郎の問いに、その男の鋭い双眸《そうぼう》が一瞬揺れた。

頰骨の張った青黒い顔、体に染み付いた死の臭いが、対峙している十四郎にまで漂ってくる。

「おぬしは生かしてはおけぬ。斬る」

十四郎は、正眼に構えて立った。

一刀即万刀、万刀即一刀……師の伊沢忠兵衛から伝授された一刀流流星切落と

し の技。

相手の剣を誘い、斬りかかって来るのに乗じ、一瞬にして相手の剣を打ち落とし、同時に一拍子の勢いで相手を突き刺し、或いは斬る。

小野派一刀流の流れを汲むこの剣は、けっして引かない。打ち込んで、一気に斬る。

向こうも一撃で勝負を決める剣術だが、こちらも最初の一刀で決めなければならぬ。

「一刀流切落とし……」

鬼頭が呟《つぶや》き、不敵に笑った。

だが、鬼頭は微動だにしない。動けないのだ。

十四郎は、足の先で地面を一寸《いっすん》ずつ確かめるように、じりじりと詰めていった。

一足一刀の間合いに入った時、川風が、対峙する二人の頬を撫でた。その時、十四郎のおくれ毛が目の前を横切った。

刹那、絶叫して鬼頭が跳んだ。

振り上げた刀を、まっすぐ十四郎の頭上に下ろしてきた。

その刃は、まるで大木のように見えた。

一瞬、十四郎の脳裏に恐怖が走った。

だが十四郎は、捨て身で真正面から鬼頭の太刀を受けた。

ガシッという鈍い音とともに、岩石が落ちてきたような重圧を受けた。

――押し斬られる。

十四郎は満身の力をこめて、鬼頭の刃を押し返した。

鬼頭は、刃を引いた。再度立て直して、跳び掛かろうというのであった。

――今だ。

十四郎は、そのまま鬼頭の懐に飛び込んで、鬼頭の腹に剣先を突き刺した。

ぐっという鈍い声を聞いた。

斬り抜けると、背後にどたりと鬼頭が落ちた。

「ああ……」

もう一人の浪人が驚愕の声を発して、振り返った十四郎を見た。

「無理をすることはないぞ、命が惜しければ、去れ」

「すまぬ。俺には妻も子もいる。ごめん」

浪人は、土手を這い上がるようにして、駆け去った。

「こしゃくな、俺が相手になる」

柴田が、顔を真っ赤にして刀を抜いた。

「お望みなら、お命頂戴仕《つかまつ》る」

十四郎がズイと出た。

だがその時、

「待て！　十四郎」

隅田川を上がってきた御用船から、金五たちが降りてきた。

「寺社奉行、松平周防守配下の者である。縛《ばく》につけ！」

栗田が颯爽《さっそう》として言い放った。

蕎麦屋で繰り言を述べながら消沈していた栗田の姿が脳裏をかすめて、思わず十四郎は苦笑した。


「たいへんでござります。お夏さんがいなくなりました」

松五郎たちを捕縛し、橘屋に帰着してまもなく、慶光寺の寺務所手代が飛び込んで来た。

金五は栗田とともに、松五郎たちを寺社奉行所の役宅、周防守の屋敷に送っていって留守だった。

「いつ いなくなった」

「分かりません。夜食の刻にはいたようですから、その後ということでしょう」

「すると、松五郎たちを捕縛するために、皆出払った後だったという事か」

「はい」

——清七だ。

咄嗟に十四郎はそう思った。

——しかし。

十四郎はお登勢と慶光寺の庫裏に向かいながら、清七は何処から慶光寺に侵入し、何処からお夏と二人連れで出ていったのか考えていた。

正門横の寺務所には手代が詰めていた。左右の通用門は、あの事件以来厳重に閉めていた筈である。

庫裏に入ると十四郎は、春月尼ほか尼僧を集め、今日一日出入りした者の名を聞いた。

しかし、昼頃に筆屋が訪ねてきた他は、出入りした町場の者は一人としていなかった。

「すると、空を飛ぶか地の下をくぐるか、他に方法はないぞ」

十四郎は腕を組んだ。すると手代の一人が手を打った。

「なんだ」

「実は……」

と耳元に囁くように、

「その、落とし物を引き取りに参りまして」

「落とし物?」

「つまり排泄したものを……」

「いつだ」

「夕刻です。いつもは早朝参るのですが、門を開けてやりました」

「面《つら》を確かめなかったのか」

「手ぬぐいで頬かぶりしていたものですから、申し訳ありません」

手代は、開けてやったのは左の通用門だと言った。

普段から糞尿を集める舟は、左の通用門下で待機し、慶光寺から運び出してきた樽を舟に積み、掘割から仙台堀《せんだいぼり》に出て、随所に運ばれていくのである。

まさかの失態だが、捕物で金五も栗田も同心たちも出払っていて、手代はじっくり相手を確かめるゆとりがなかったに違いない。

「とにかく裏店に戻ってみる」

十四郎はお登勢に耳打ちして、慶光寺を後にした。

果たして、十四郎が裏店に戻ってみると清七の姿はなく、きちんと畳んだ夜具の上に走り書きの紙片が一枚、置いてあった。

紙面には『たいへん世話になりました。これ以上何かとご面倒をおかければ、塙様に累《るい》が及ぶという事にもなりかねません。どうせ、明日のない者なれば、ここからは一人で参ります』と書かれてあった。自身の名は認《したた》めてはおらず、後々十四郎に迷惑の掛からぬよう配慮したものだと思われた。

「馬鹿なことを……」

十四郎は紙片を手に立ちすくんだ。数日間、一緒に暮らした清七の姿が脳裏をかすめた。

清七は、味噌、米は勿論のこと、使用した品の量をきちんと帳面に付けておくような人間だった。十四郎が帰るまで、先に横になるということもなく、朝も十四郎よりも早く起きた。

別に外出する訳ではなかったから、さぞかし時間を持て余したに違いない。そんな清七を支えていたものは、ただ一つ、お夏に会えるという希望だった。

清七は、一度お夏に会うことが出来たなら、死んでも良いと言っていた。清七どころか、お夏も慶光寺を抜けたとなると、もう二度と戻ることは叶うまい。

覚悟の上とはいえ、二人が無事江戸から逃れることが出来たとしても、一生追っ手の影に怯えながら生きていかなくてはならないだろう。

手に手をとって、闇の中を転げるように走る二人の姿が、目に見えるようである。

十四郎の胸の中には、言いようのない不安が広がっていた。

どうあれ、明日になれば、一部始終を金五に話さなくてはならなくなった。

十四郎はこの夜、何度も起き上がって、木戸口まで足を運んだ。

もしかして、二人が立ち戻り、木戸口に立っているのではないか、そんな気がしたのである。

だが、ついに、二人は現れなかった。

翌早朝、慶光寺の手代が暗い顔をして十四郎を迎えに来た時、最悪の事態となった、来るべきものが来た、そんな気がした。

「分かった……」

皆まで聞かず、十四郎は手代の後についていった。

場所は築地の西本願寺《にしほんがんじ》の墓所の一角、お夏の父母が眠る墓の前だった。

男女の遺体が並べられて、その上にすっぽりと、全身を包むように鮮やかな江戸紫の小袖が広げて掛けられていた。

十四郎は小袖を捲った。

「清七……お夏……」

血の気の失せた、二人の顔が目に飛び込んできた。

清七は流人《るにん》の着衣の茶の単衣《ひとえ》、お夏は生絹《すずし》の白帷子《しろかたびら》を着て、赤いしごきで互いの腕を結び合い、化粧用の女の剃刀《かみそり》で喉元を切り裂いて死んでいた。

「十四郎様……」

振り返るとお登勢が立っていた。

「哀れな……」

「松五郎たちが裁かれれば、清七さんも助かる道があったのに……そう考えておりましたのに……」

お登勢は、袖で涙を拭った。

「して、金五たちはどうしたのだ」

辺りに金五も栗田もいないのに気がついた。

「今御門主様とお話をしております。栗田様も一緒です。相対死《あいたいじに》ということになりますと、二人の遺骸はごみのように打ち捨てられます。ですが、幸い二人の遺骸を発見したのはこちらの小坊主、他には漏れてはおりません。ですから事情をお話し致しまして、こちらのお寺さんで駄目だというのなら、慶光寺に葬ってもよいと万寿院様も申されておりまして……」

「そうか……それならば、きっと二人も浮かばれる」

十四郎は瞑目《めいもく》して手を合わせた。

俄かに寺の木々の間から、蟬しぐれが立った。

それはまるで、葬列を送る涙声のようだと思った。

第四話　不義の花始末

一

十四郎は、納戸の中から茶道具を出して、あれこれ吟味しているお登勢に聞いた。

「白萩の花？」

「ええ、三ツ屋の前の土手っぷちにあるんです。手を伸ばしてみましたけど、駄目でした」

お登勢はいかにも残念で仕方がないという顔をした。

明日、橘屋と懇意にしている呉服屋のおかみや、酒問屋、書物《かきもの》問屋のおかみなどをお茶事に招待したのはいいが、ずいぶん前から床に活ける花を何にしようかと頭を悩ませていた。

橋屋の庭には、四季折々の花が咲いている。萩の花も庭の隅に植わってはいるが、開花にはまだ遠い。

それに、仮に開花していたとしても、橋屋の庭にあるのは赤い萩、ところが三ツ屋の前の土手っぷちに自生しているのは白萩で、花の付き具合も楚々として、茶室の小窓の灯りには、きっと映えるに違いないというのである。

お登勢は、招客をはっと思わせるような草花を、床の間の花にしたいというのであった。

それだから、花の選定はぎりぎりまで決めかねるのだと……。

ところが今日、三ツ屋に出かけていった折、たまたま土手で白萩を見つけてからは、それが欲しくて欲しくて、どうすれば手折《たお》れるか考えていたらしい。

「おかみさん、桐《きり》の間のお客様が頭が痛くて、お薬を頂きたいとおっしゃるのですが、お渡ししてもよろしいでしょうか」

仲居頭のおたかが小走りに来て膝をついた。

橋屋には仲居が十五人、女中が五人、常時いる。繁忙期の一時期手伝いに来る者も含めるとかなりの数の女たちが働いている。おたかはその中でも最年長で、女たちを束ねていた。

肝心な事はみな、このおたかが指図をするが、お登勢が側にいる時には、如才《じよさい》なくおたかはお登勢の指示を仰いでいた。

「よくお話を聞いて、それでお渡しして下さい」

「承知しました」

おたかは直ぐに腰を上げたが、側にいる十四郎に気付き、手招きをした。

そして、小声で、

「おかみさんは、草花のことになると、もうたいへんですから」

と、その執心ぶりをほのめかせて、ふふっと笑って立ち去った。

なるほど、だから宿の者たちは、白萩騒ぎを聞き流していたのかとおかしかった。

あのお民でさえ、それは残念ですね……などと相槌はうったが、一緒に取りにいこうとも、見にいこうとも言わなかった。

いい大人が、一枝の野草に終日こだわっている。普段の落ち着き払ったお登勢からは想像もつかなかったが、かえって小娘のような愛らしいところもあるものだと、十四郎の目には新鮮だった。

果たして十四郎が、

「そんなに欲しいのなら、明日の朝、一緒に行ってやってもいいぞ」

というと、ぱっと明るい表情になって、

「明日といわず、今夜は駄目？」

と聞く。

「今夜……」

「ええ、だって明日になったら、もう誰かにとられているかもしれません」

「うむ……じゃあ行くか」

「はい」

お登勢は待ってましたというように、提灯を手に先にたって橘屋を出た。

十四郎は苦笑して、夜風に当たりながらお登勢の後を追った。

「十四郎様……」

隅田川が見えてくると、気忙しくお登勢が振り返った。

もうすぐだから、早く歩いてほしいといわんばかりの顔である。

十四郎も仕方なく足を早めた。

その時であった。

「土左衛門《どざえもん》だ！」

誰かが叫んだ。

「お登勢殿……」

十四郎とお登勢は、声のした方に走った。

すると、上ノ橋の袂に打たれた十本ばかりの杭の間に、女がひっかかって浮かんでいた。

「まだ、生きてるんじゃねえか」

覗いていた男が言った。

十四郎はすぐさま橋の下に駆け降りて、水の中に飛び入って、女の体を引き上げた。

女は身なりからして、武家の妻女と思われた。

陸《おか》に上がって抱き抱えると、血の気を失った白い顔が、十四郎の腕の中でぐったりと反り返った。

だが、胸に耳を当ててみると、確かに気絶はしているが、脈もまだしっかりと打っている。

「生きているぞ」

十四郎の言葉に、お登勢はすぐに店にとって返して、若い者を数人連れて戻ってきた。

「今、柳庵先生にも連絡しました」

お登勢の俊敏なはからいで、武家の女はまもなく橋屋の離れに運ばれて、柳庵の診察を受けた。

柳庵はひととおり診察すると、お民が用意した盥《たらい》で手を洗いながら、お登勢と十四郎に説明した。

「水もたいして飲んではおりません。新大橋あたりから身投げしたんだと思われますが、川に落ちると同時に気を失って上ノ橋まで一気に流れたのでしょう。そして、あそこの杭にひっかかった。おそらく川の流れと潮の流れの関係で、上ノ橋に押しやられたのだと思いますがそれが良かった。しかも、顔を出したままの状態だったということですから、よくよく運が良かったのです」

柳庵は小指を立てた手で、襟を直した。

「そうですか。ほっと致しました。ありがとうございました」

お登勢が礼を述べると、

「それじゃあこれで」

と腰を上げ、顔を斜めにして十四郎ににこっと頷くと、お登勢に送られて部屋を出た。

お登勢は直ぐに戻って来ると、また女の枕元にそっと座った。

目鼻の整った美貌の顔を上に向けて、女は小さな寝息を立てている。

寝顔をじっと見ていると、この女に身投げをしなければならないどんな理由があったのか、と思わずにはいられない。

お登勢も同じ事を考えていたのだろう、首を捻った。

「身投げをするなんて、余程の事情がおありになったんでしょうね。おかわいそうに……」

「死んだと思っていたら生きていた……この人が目覚めた時が心配だな」

「今夜は店の者につき添わせます。勿論私も時折覗くことに致しますから」

「そんな事をしていたら、明日のお茶事に差し障るのではないか」

「皆様には使いをやりまして、延期する事に致しました」

お登勢はそういうと、お茶漬けでもいかがですかと十四郎の顔を窺った。

「そうだな……腹は空いてはおらんが、酒は欲しい」

「まっ」

お登勢は笑って、あなた様の着物も乾いておりませんから、今日は宿の物を着て、お泊まりになって下さいと言う。

「いいのか」

「ええ、お部屋も空いておりますから。それに、このお方が目覚めた時、十四郎様にいていただいた方が私も安心です」

「そうか、じゃあそうするか」

「そうして下さいませ。いえね。亡くなった夫のものならあったんですが、それでは十四郎様もお嫌でしょうし」

「別にかまわんが……」

といったが、やはりお登勢の亭主の遺品に袖を通すのは憚《はばか》られる。

お登勢は十四郎に、階段を上ってすぐの客室の空き部屋を用意した。そしてそこに、酒と一口大に握った小さな握り飯、お登勢が漬けた柴漬けを運んできた。

腹は空いてはおらぬといったが、漬物を目の前にすると、つい握り飯に手を伸ばしてしまう。

酒も京の伏見《ふしみ》の諸白《もろはく》だと聞いて、これも一滴残さず飲んだ。

暦はすでに、秋に入っている。

昼間はまだ夏の陽射しで汗ばむ事もあるのだが、夜に入るとひんやりとした秋の気配に包まれる。

　腹も膨れ、丁度ほろ酔い加減となって、十四郎は夜具の上でついうとうとと眠りに入った。

二

　突然どたばたという階下の音に目が覚めたのは、朝の七ツ（四時）頃だった。

　まもなく押し殺した足音が階段を上ってきたと思ったら、その者は廊下に蹲って、小さな声で呼び掛けた。

「十四郎様、おかみさんがお呼びです。離れの部屋までお願いします」

　おたかの声だった。

「分かった。すぐ行く」

　飛び起きると、すっと戸があいて、手ぼんぼりと乱れ箱が押し込まれた。

「お着物が乾いております。おかみさんが昨夜火熨斗《ひのし》をかけられましたので」

「ああ、ありがとう」

おたかが階下に戻る気配を聞いて、十四郎は手ぼんぼりと乱れ箱を引き寄せた。箱の中にはきちんと畳んだ十四郎の着物がおさまっていた。

手に取って広げてみるとおたかのいう通り、着物も帯もすっかり乾いて、もとからあった染みも皺もとれていた。

――お登勢……。

お登勢は、この着物のために眠る時間がなかったのではないか。一心に火熨斗をかけるお登勢の姿を思った時、十四郎の胸はあたたかいもので包まれた。

急いで身支度を整えて階下に下り、離れに入ると、夜具の上に女が起き上がってうなだれていた。

側でお登勢と藤七が見守っていた。

女の前には、盆の上に粥が用意されていたが、これにはまだ手がつけられてはいなかった。

「こちらが、あなたをお助けしたお方で、塙十四郎様と申されます」

お登勢が十四郎を紹介した。

すると女は手をついて、

「お手数をおかけ致しまして、申し訳ありません」

と頭を下げた。

「ご気分はいかがでござる」

「……お助けいただいて、こんな事を申し上げてはと存じますが、なぜ死ねなかったのかと悔いております。こんな事なら喉を突けばよかったと……」

「馬鹿な事を申されるものではない」

十四郎が思わず語気を荒らげると、女は突然顔を覆って泣き崩れた。

お登勢が十四郎を軽く睨んだ。

十四郎は頭を掻いて、

「いや、すまん。悪気があって言ったのではないぞ。このおかみも私も、そなたの事を案じているのだ。事情をお話し頂ければ、力になれるやもしれぬ」

すると、女は涙の顔を上げて十四郎を見た。

その目は一瞬迷っていたが、すぐに意を決したように、

「わたくしは、田代《たしろ》藩三万石の、定府《じょうふ》お側衆《そばしゅう》を務めます土屋《つちや》伝八郎《でんぱちろう》の妻で綾乃《あやの》と申します。実はわたくし、口にするのも忌まわしいのですが……不義の疑いをかけられまして、夫から『成敗致すところ表沙汰になれば土屋の家の恥、実家に帰れ』と離縁を申し渡されました。それではわたくしの立場もございません。実

家になど帰れる訳もございません……それで」

「身投げをされたのか」

「ええ……」

「随分と乱暴なお話でございますね。綾乃様のお話が本当なら」

「わたくしは、嘘は申しておりません。不義など致しておりません」

綾乃はきっぱりと言い、澄んだ目で訴えた。

「しかしそれでは何故、そういう話になったのだ」

「それは……」

綾乃の話によれば、田代藩においては、従来のお側衆は儒者や医師、武道家や法律家などで構成され、ややもすれば惰性に流れようとする藩政を正すため、古今の治世興亡を進講し、各国の国勢や民情を藩主に進言してきたが、この年、新たに当代藩内の問題点を調べて献言するお側衆を置いた。

国元に一人、そして江戸定府に一人、そのお役に抜擢されたのが、土屋伝八郎であった。

一概に藩内の問題点とはいっても、その中身は、民情、通行、産物、民生、経済、刑罰など多岐にわたり、深い見識と藩内の情報に通じていなければ遂行不可能な職務であった。

だがもともと、何事においても研究熱心だった土屋は、これを天職としたいと張り切っていた。

家禄も八十俵五人扶持から一気に百五十俵を賜る身となったのである。

小藩といえども藩邸には、参勤交代で出府してきた江戸詰の者や足軽《あしがる》まで入れると、二百人余りが勤めており、賄い方からお側衆に抜擢された土屋の出世は、皆から、憧憬の目で見られる事となった。

三月《みつき》も前のこと、それまで毎夜、藩内の内情を記した綴りとにらめっこをしていた土屋は、突然国元へ行く事になったと綾乃に告げた。

夫の表情から、何か難しい問題に直面したのだと思われたが、土屋はその事については何も話さず、綾乃が手慰みで藩邸内の者たちに教授していた茶の湯の会を、もう止めるようにと注意した。

綾乃の実家は、祖父も父も、茶の湯を藩主に指南するお茶堂として仕えてきた家である。

当然綾乃も幼い頃から茶の湯に通じ、土屋家に嫁入ってからは、親しい人たちに望まれて、月に三度、五のつく日を選んで茶の湯の会を催してきた。

堅苦しい作法というよりは、日常の息抜きといった肩の凝らない会だった。

土屋が賄い方であった時には、その会に入る謝礼も馬鹿にならず、大いに台所を潤してくれたし、人の出入りも土屋にとっては楽しみのひとつであった事は間違いない。

ところが、重い役目を賜った今は、お役目に関係のない人の出入りは差し控えねばならぬと言い、謝礼も受け取る訳にはいかないと言い出したのである。

どんな理由があろうとも、金品をよそから受ける生活は慎まねばならぬというのが、土屋の考えであった。

国元に出立《しゅったつ》する日の朝だった。着替えを手伝っていた綾乃に土屋は言った。

「俺がいない三月の間に、よく皆さんには説明して、以後の稽古は断るのだ。いいね」

土屋はそう言い置いて国元に旅立った。

綾乃は夫に言われたように、通ってくる者たちに言い含め、以後の稽古を断った。

ただ中には、土屋が戻ってくるぎりぎりの日までご指南いただきたいと申し出る者がおり、綾乃もそれは承知した。

「綾乃殿にご指南頂き、今まで幾度も面目が保てました。かくなる上は、できる限りご教授を頂きたい。もう二度とこのような機会はござらぬからな」

そう言った秋元弦之丞《あきもとげんのじょう》も、許される期日ぎりぎりまで通いたいと申し出た一人であった。

弦之丞は他の者がきりをつけても尚、通って来る気配であった。

とうとう弦之丞一人となった時、綾乃は弦之丞から誘いを受けた。

向島に美味い物を食わせる店があるから、今までのお礼に、昼の食事でも馳走したいというのであった。

秋元弦之丞は土屋の古い友人だった。

綾乃が即答しかねていると、

「何も案じることはござらん。『染ノ井《そめのい》』といってな、女たちもよく立ち寄る店だ。実は店の庭にはいつも花が一面に咲いている。それを綾乃殿に見せてあげたいと思ったのだ」

と、弦之丞は綾乃の気を引く言葉を並べ、それが駄目だと分かると、土屋が少しぐらい偉くなったからといって、それじゃあ水臭いぞ、友人じゃないかと言ったのである。

それでも綾乃は躊躇《ちゅうちょ》した。

それは弦之丞が先年妻を亡くしていて、独り身だったからである。

弦之丞もそれを察したのか、綾乃の元に通っていたある藩士の妻の名を挙げて、その人も誘うつもりだと言った。

それで綾乃は承知した。

ところがその日、指定された料理屋に行ってみると、弦之丞一人が待っていた。しまった……と思うまもなく、弦之丞は卑屈な微笑を浮かべながら、

「やっとそなたと二人になれた。俺は、ずっと前からこうなる日を心待ちにしていたのだ」

と、いきなり綾乃の方に立ってきて、突然綾乃を腕の中に引き寄せた。

「何をなさいます。お放し下さい」

綾乃は弦之丞を突き放し、立った。

ところがそこに運悪く、女中が顔を出したのである。

綾乃は咄嗟に顔を袖で隠し、その部屋を飛び出した。

その日から夫が帰宅するまでの数日間を、綾乃は自分の不覚を悔いながら、何もなかったのだと言い聞かせて夫を待った。

時折不安に襲われはしたが、まさか弦之丞が、自身が卑劣な手段で誘い出したあの日の事を、他に漏らす筈はないと考えていた。

ところが、夫が帰宅した翌日には、綾乃は夫から厳しい追及を受ける事になったのである。

「わたくしがいくら否定しても、土屋は信じてはくれません。その理由が、秋元様本人が同僚に漏らしていた、などと言うのです」

「妙な話でございますね。その秋元とか申されるお方だって、不義をしたなどとおっしゃれば、土屋様に成敗される危険もあるでしょうに……」

「あのお方は……秋元様は、夫より遥かに剣の達人です」

だから夫は秋元に問い詰める事もできないのだ。信じたくはないが、他には考えられないと綾乃は言った。

「しかしだな、その料理屋の女中に聞けば、疑いは晴れるのではないのか？」

「それが、わたくしもそう思いまして、昨日あのお店に参りました。でも、分かった事は、もうあのお店にはいないという事でした」

十四郎は腕を組んだ。何故か釈然としないのである。

「わたくしは、離縁されるのも死ぬるのも、もうそれは土屋の家のためなら致し方ないと思っております。ただ、息子の新一郎《しんいちろう》にだけは、信じてもらいたい。それが心残りでなりません」

綾乃は、息子の名を出したところで嗚咽した。

三

綾乃の夫土屋伝八郎が、三ツ屋の二階の奥座敷に現れたのは、その日の夕、暮六ツの鐘を聞いてまもなくだった。

今朝早く、十四郎は土屋の元に藤七をやっている。

その時藤七は、綾乃が入水《じゆすい》して自殺を図ったこと、しかし運よく助かって橘屋で養生している事などを伝え、綾乃の事で話したいことがあると呼び出しをかけた。

話し合いの場所を、駆け込み宿橘屋にしなかったのは、土屋の体面を考えての事だった。

しかも刻限は切らなかった。

橋屋の者は、終日三ツ屋で待機している、それは土屋の意思を尊重しての手段だと付け加えた。

「土屋伝八郎でござる。綾乃の事ではなにかと手数を掛け申し、かたじけなく……」

土屋は十四郎とお登勢の前に手をついた。

一見して謹厳実直、しかも骨のある人物のようである。

「藤七からあらましお聞き及びと存ずるが、こちらが橋屋の主でお登勢殿、手前は塙十四郎と申す」

十四郎が言い終えるのを待って、土屋は懐から袱紗を出して、お登勢の前に差し出した。

「ご負担いただいた費用でござる。お納め願いたい」

お登勢は、あらっというような顔をした。

「土屋様、私どもはそのような話で、お越し願ったのではございません。確かに橋屋は訴訟事に手を染めて、いくばくかの費用を頂いておりますが、この度の事は、僭越ではございますが私どもの老婆心、そういう心配は無用に願います」

お登勢は、金の話から始めた土屋に、抵抗を感じたようだ。

「しかし、それではこちらの気がすまぬ」

「残念でございます。私は、あなた様がこちらに見えられたからには、いの一番に、奥様のご容体をお聞きになる、そんな風に考えておりました」

「それはそれ、これはこれでござる」

「土屋殿、口幅《くちはば》ったい事を申すようだが、そのような事に気を使われる気持ちがおありなら、何故、綾乃殿の言い分を聞き入れてやらぬのだ」

突然、十四郎は本題に入った。

土屋の顔色が変わった。そして、土屋は吐き捨てるように言った。

「話したのですか、綾乃は。恥を知らぬ女だ。お聞き捨て下され」

「綾乃殿は命を絶とうとされたのですぞ、土屋の家のために……つまらぬ噂話を信じる前に、何故綾乃殿を信じてやれぬ。いや、せめて噂が真実《まこと》かどうか、どうして確かめぬのだ」

「真実はどうあれ、噂がたった。それで十分だと考えており申す」

「ほう、夫婦の間柄というのはそのように薄っぺらいものですか、いや、これは驚きました」

十四郎は少々の皮肉をこめた。

しかし土屋は動じなかった。

「塙殿、こんな事を話してもお手前たちに分かっていただけるかどうか、私としては職務上、家の中に一点の曇りもあっては困るのだ」

「それはいかがなものでございましょうか。確かに男の方が職務が大事と申されますお気持ちは分からないでもございません。ですが、女は、家の中だけが全てなのです。他に世界はございません。女の身の私には、綾乃様のお気持ち、よく分かります」

お登勢は丁寧な物言いながら、幾多の女たちの悲しみを見てきた女ならではの、怒気《どき》を含んだ言葉を投げた。

土屋は憮然《ぶぜん》とした。目の前にいる者たちに、自分の立場は分からぬという顔をした。そして、

「何度も申すが、主家あっての土屋家、職務あったればこその家の中でござる」

と顔をそむけた。

十四郎はふっと笑った。

自分も組織の中にいた時にはそう思った。だから、許嫁との約束も破談にした。

しかし近頃は、守るものがあってこそ人は頑張れるのではないかと考えるよう

になった。自分一人の糊口《ここう》を凌ぐためなら、あくせくせずとも生きられる。

十四郎は、浪人となって大切なものをことごとく失ってから、やっとそれに気付いたが、しかし目の前にいるこの男は、まだそこのところは分かっていないのかもしれぬ。

土屋は「塙殿……」と苦しそうな声を出した。十四郎が苦笑したことに腹を立てたのかと思ったら、そうではなかった。

「相手が、弦之丞でなければ、私ももう少し冷静でいられたかもしれぬ」

土屋は感情を押し殺し、不覚だったと口走った。

「それはまた、どういう事だ」

「……」

「他言は致さぬ」

十四郎は膝を起こして、金打《きんちょう》した。そして、じっと土屋を見た。

「つまり……若い頃に、私と弦之丞は綾乃を争った仲でござった」

「ならばなおさら、先入観が先にたっているのではございませんか」

お登勢が言った。

「いや……」

と土屋は首を振って否定すると、

「国元から戻ってきた翌日に、私は向島の小料理屋に確かめに参ったのだ。そして、女中のおのぶという女から、綾乃が弦之丞と同席していた事を聞いた。おのぶの答えは、二人の関係を想像するに十分だった。それでも私はまだ信じられない思いでござった。ところが帰ろうとしたところに、偶然やってきた弦之丞と玄関で鉢合わせになったのだ」

「それで、お尋ねになったのですね」

「奴は勝ち誇ったように私を見て笑ったのだ。それを見て、私は聞けなくなった。逃げて、帰ってきた……」

「つまりは秋元という御仁が剣の遣い手だから、念を押すことを控えたという事だな。そうして一方的に綾乃殿を責めた」

「それは違う。俺は今、あ奴と立ち合う訳にはいかぬのだ。立ち合えば死闘となる。勝つ保証がなければ戦えぬ。戦ってはならぬのだ」

「何故」

十四郎は鋭く聞いた。

「それは言えぬ。藩内の大事だから言えぬ。言えぬが、この上は、綾乃を側に置いておく訳にはいかぬと……」

そうか……と十四郎は腕を組んだ。

どうやら、十四郎たちの計り知れない藩の事情を、この男は背負っている。それは綾乃も知らないなにかである。

「綾乃に伝えていただきたい。俺のためではなく、新一郎のために、命を絶つなどと考えぬように……それがせめてもの俺の言葉だと」

「相分かった」

十四郎が頷くと、土屋はほっとしたような顔を見せた。

「私が拝見したところ、土屋様はけっして、綾乃様の事を信じていない訳ではないと存じました。綾乃様へのお気持ちがあればこそ、三ツ屋にも参られたのだと存じます」

五ツ過ぎに三ツ屋から橘屋に戻った十四郎とお登勢は、土屋を呼び出して会っていた事を綾乃に伝え、土屋から預かってきた袱紗を置いた。

「これは?」

「土屋様からお預かりして参りました。綾乃様のご両親は今は国元にお住まいとか……ですから国元にお帰りになる路銀と、向こうでの生活の足しにしてほしいと……」

「土屋がそんな事を？」

「綾乃殿。それから土屋殿は、こうも申しておりもうした。俺のためではなく、新一郎のために、命を絶つなどという事は、けっして考えぬようにと、それがせめてもの俺の言葉だと……」

「ありがとうございました。お手数をおかけ致しました」

綾乃は袱紗を取り上げて、両手で包み込むように胸に抱いた。

お登勢と十四郎が部屋を出ると、身をよじるような忍び泣きが聞こえてきた。

――それにしても。

十四郎は川端に出て、両国橋を目指しながら、土屋の「言えぬ。藩の大事だから言えぬ」といった言葉が頭から離れなかった。

土屋はお側衆に抜擢され、国元に三月も帰っている。

綾乃から聞いた田代藩の新設お側衆は、十四郎が考えるところ隠密のような任務も帯びているようだ。

土屋は何を調べに国元に帰っていたのか知らないが、察するところかなりの危険を伴う職務とみた。

だから土屋が、綾乃に伝えてほしいといった言葉は、夫婦の愛情が冷えた訳では決してなく、何か一つ覚悟をした、重い言葉ではなかったか……。

十四郎のこの懸念は、翌日夕、金五に今川町《いまがわちょう》の飲み屋に呼び出され、回向院の裏に広がる雑木の中で、女の首吊り死体が発見されたという事件を聞いてから、いっそう深いものとなった。


「金五、今なんといった」

「その女の名はおのぶという」

「おのぶ」

「そうだ」

金五は、空になった自分の盃と十四郎の盃にも酒を注ぎ足して、

「最初は身元も名前も分からなかったらしいんだ。ところが近くに女の下駄が揃えてあって、その下駄の裏に『染ノ井』という屋号が墨字で小さく書いてあってな。その名の店が向島にあると知り、仲居頭を呼んで首実検させたところ、ついこの間まで勤めていたおのぶという女だと言ったんだそうだ」

「そうか……いや、ちょっと気になる事があってな」

　顔を曇らせた十四郎を見て、金五は、

「おぬし、俺に隠し事をしているだろう」

　ニヤリとした。

「隠し事？」

「そうだ。藤七から聞いた話では、綾乃という妻女を預かっているというではないか。お登勢と二人、こそこそと、水臭いぞ」

「別にそういうつもりは……駆け込み人ではないし、おぬしに話すまでもないと思ったのだ」

「ところが見てみろ。今話した首吊り女は、綾乃という妻女が不義の疑いをかけられた問題の料理屋に勤めていた女だ、そうだな」

「うむ……」

「しかもだ。おのぶは秋元とかいう男と綾乃殿の部屋の賄いを任されていた。不義があったかどうかで、土屋がおのぶに話を聞きにいっているが、その後にも、綾乃本人が『染ノ井』までおのぶに会いにいっている。もっとも、綾乃という妻女が訪ねていった時には、おのぶはあの店を辞めていたそうだが……」

金五の言う通りだった。

おのぶこそ不義事件の真実を証明するただ一人の女だった。

「しかしなぜ死んだ……死ななければならない何か事情があったのか」

「十四郎、おのぶは自分で首を吊ったんじゃない。殺されたのだ」

「何？」

「実はな。おのぶの首には、首吊りの縄の跡とは別に、親指の跡が付いていた。つまりおのぶは手で絞め殺された後で、縄を掛けられて吊るされたという事になる」

「下手人の見当はついているのか」

「いや、そこまでは……名が上がったのが土屋伝八郎だ。これはおのぶが店を辞める数日前に厳しく問いただしているからな。それで疑われた」

「それはないだろう。土屋はそんな男ではない」

「俺もそう思っている。ただこの事件が難しいのは、死体発見が回向院内で管轄《かんかつ》は寺社奉行、名の挙がった土屋は田代藩の武家だ。これはこっちも容易に手が出せぬ。藩邸内にいる人間をどうこうできぬからな。仮にだ、おのぶを殺した者が町人ならば、町奉行所もかんでくる事が考えられる。話はややこしいのだ」

「いずれにしても、調べてみる価値はある」

十四郎は、冷えた肴に箸をつけた。

「俺も、ほうってはおけぬと考えている。橘屋になんらかの関係がある話は、寺役人として見て見ぬ振りは出来ぬからな。そういう事だ」

金五は徳利を逆さにして、最後の一滴まで盃に振り落とし、

「親父、酒をくれ」

と空になった徳利を、ひらひらと振った。

「おぬし、よく飲むようになったな」

「他に楽しめるものがあるか？」

「まあな……妻は貰わぬのか」

「話はあるにはあるが、踏ん切りがつかぬ。おぬしはどうだ」

「そういう事は考えないことにしているのだ」

「そうかな、橘屋の婿に入ろうなどと考えているのではないか」

探るような目を向けた。

「馬鹿な事を言うな」

「まあ、相手を亡くした女と一緒になるには勇気がいる……そうだろ？」

金五の頭の中には、いつもお登勢が棲んでいる。

「金五、おまえは亡くなったお登勢殿の亭主を知っているのか」

「いや。俺が寺役人に着任する少し前に死んだんだ。だから知らぬ。知らぬが、藤七の話によれば、なかなかの人格者だったそうだ」

「……上方の人間だったと聞いているが」

「先々代が京からやってきたのだと聞いている。慶光寺は京の臨済宗《りんざいしゅう》妙心寺《みょうしんじ》派の寺だ。その関係からだと思うが、妻にする女も代々京にゆかりのある人を選んでいるらしい。しかしお登勢は、子も生まれぬままに亭主を亡くして、この先どうするつもりなのか」

「お登勢殿はいったい、幾つなんだ」

「おぬし、そんな事も知らぬのか。確か今年で二十五になった筈だ」

「二十五……」

二人の会話はそこで切れた。

金五もそうに違いないが、この時十四郎も瞼の奥で、お登勢の姿を追っていた。

亭主を亡くした女であれば、金五でなくても大いに気になるところだろう。

――この俺が、そんな風に考えるのだ。金五が思い悩むのも無理はない。

十四郎は、わが友金五を愛しい目で覗き見た。ところが金五は、

「飲もう」

新しい燗酒を片手に、にっと笑って十四郎にどんどんやれと促した。

今悩んだカラスが、もう能天気に笑っている。

「よし。飲むぞ」

十四郎も近くの籠に入っていた湯飲み茶碗を取り上げた。

四

柳橋を渡ってすぐに平右衛門町《へいえもんちょう》がある。その町の裏店におのぶの母親が住んでいると金五からの知らせを受けとったのは、翌日の昼すぎの事である。

もっと早く、朝のうちに知る筈の連絡だったが、それが遅くなったのにはちょっとした訳があった。

この日、十四郎が二日酔いの頭を抱えて井戸端に出ていくと、斜め向かいに住む鋳掛け屋の女房おとくにつかまった。

おとくは洗濯をしながら、酒浸りの亭主の愚痴をくどくどと十四郎に訴えて、

何とかならないものかと聞いてきた。

おとくの亭主の酒好きは今に始まったものではない。そんな男に、自分の事を棚にあげて意見などしようものなら、この先十四郎も酒を控えなければならぬ。

閉口して聞いているところに、子狸の万吉がやってきた。

万吉は十四郎の顔を見るなりべそをかいた。

金五から預かった紙切れを、両国橋の手前でなくしてしまったのだという。

万吉は、近頃評判の、異国からやってきた『象』とかいう動物を見せる小屋の前で、中を覗いているうちに、人にもまれ、紙切れを失ったというのであった。

「おいら、もう橋屋には戻れねえ」

いつもはクリクリした目で、言いつけられた走り使いを、だれよりも早く難なくこなしてきた万吉も、見た事もない見せ物に気を奪われて、まさかの失態を演じたのである。

大粒の涙をぽろぽろこぼして、十四郎にどうすればいいか訴えた。

まだ十になるかならぬかである。無理もない。

十四郎も遠い昔、母に使いを頼まれて道草を食い、肝心の用向きを忘れて家に帰り、相手が留守だったと嘘をついた事がある。まんまとその場は逃れたが、翌日になって嘘がばれ、こっぴどく叱られた事を思い出した。

十四郎は万吉の頭を撫でて、もう一度戻って書き付けをもらってくるように言いつけた。

「正直に言えばいいのだ。嘘はいかん。それに、それぐらいの失敗で泣いてどうする。男の子だろう。近藤殿もお登勢殿も、そんな事で責めたりはせぬ」

十四郎が慰めると、万吉は涙を手の甲でぐいと拭い、元来た道を駆け戻った。

「いいとこあるねえ、十四郎様は。うちの亭主なんざあ、頭ごなしに叱るだろ。今では子供もすっかりひねくれちまって、まったくどうしようもないんだから……。しかし何だねえ、あたしが十年若けりゃさ、十四郎様のお世話だってできたかもしれないのにさ。世の中うまいことといかないもんだねえ」

おとくはにっと笑って、また亭主の悪口を並べ始めた。

悪気はない女だが、おとくの話につきあっていると日が暮れる。

十四郎がやっとおとくから解放されて、飯を炊き、味噌汁を作って昼食とも夕食ともつかぬ食事を終えたところで、万吉がもう一度現れた。

万吉は今度はしっかりと手に金五からの書き付けを握っていた。

十四郎から言われた通り正直に話したら、お登勢から、近いうちに見せ物小屋に行っておいでと許可を貰ったと、目を輝かせて報告した。

「よかったな、万吉。そういう事なら、ホラ、少ないがその時の小遣いにしろ」

十四郎は銭を摘まんで万吉の掌に載せた。

ぷっくりとしたまだ幼い掌に、万吉はしっかりと銭を握って、

「十四郎様、ありがとうございます」

と頭を下げ、そして飛ぶようにして帰っていった。

久し振りにいい事をしたと、二日酔いの頭が、いっぺんに清々《すがすが》しくなっていた。

そういう訳で、その後も八兵衛のよた話に付き合ったりして、十四郎が柳橋を渡ったときは、夕暮れ時にさしかかっていた。

金五から知らされた目当ての裏店は、平右衛門町の中でも一番古く、見るからに建てつけも板壁も、建てかえ以外に修理など不可能なほど傷んでいた。

ただ、どの家からも、夕餉の支度の煮物や魚を焼く匂いが、路地の溝板《どぶいた》の上まで漂っていた。

裏店はどこもそうだが、貧しい生活をしていても、朝夕のこの食事どきだけが、それなりの生活がある事を窺わせる。

ところがおのぶの母が住んでいるという一番奥のその家からは、夕餉の匂いはおろか、人の気配もないように思われた。

ひょっとして留守かもしれぬと思いながら、おとないを入れると、髪を乱した、病み上がりのような女が顔を出した。

「おのぶのおっかさんだね」

女は怯えた顔で頷いた。

「ちょっと中に入らせてもらってもいいかな」

「誰なんだい、あんた。役人かい」

「おのぶの昔の知り合いだ。おのぶが死んだと聞いて、ちょっとお前さんに聞きたい事があって来たんだ」

母親の顔から警戒がとれた。母親は足を引き摺りながら、十四郎を土間に入れ、上がり框に腰を掛けろと促した。

見渡したところ、家の中には目立つ家具一つ無く、しばらく竈《かまど》に火の入った形跡もない。

板間には汚れた布団が敷いてあり、今起き出したと知れる捲れた布団の中の湿った空気が、部屋いったいに広がっていた。

「足が悪いのか。おのぶがいなくなって大変だな」

顔をしかめて足の膝を撫でている母親に尋ねると、

「おのぶとは、ずっと別の暮らしだったから……」

と寂しげな息をついた。

「じゃあおのぶは、染ノ井に泊まっていたのか」

「いいや、隣町の茅町《かやちょう》のしもた屋に住んでいたのさ」

「何、染ノ井の仲居が、何でしもた屋に住めるんだ」

「男ですよ。あの子には男がいたんですよ」

「どんな男だ」

「さあ、あたしには何にも言わなかったですからね。でも、あの子は、あたしがこんな体なもんだから、好きでもない男と一緒にいたんだと思いますよ。三日に一度はここに来て、あたしの食事を作ってくれていたんですが、いつも暗い顔をして……」

ふと母親は、さっき抜け出して来た布団の方を振り返ると、はい上がって枕元の位牌を抱いた。

「かわいそうなおのぶ。あたしのせいなんだ、おのぶが死んだのは……ごめんよおのぶ」

母親は位牌を撫でて泣き、十四郎に弔いを出す金もなく、おのぶの死骸は回向院の無縁仏の墓に葬ったと言い、私にはもう生きる力さえ無くなったと、ひとしきり訴えた。

せめておのぶを殺した奴が捕まるまでは生きていたいと母親は言った。

「旦那、おのぶを殺したのは、一緒に住んでいた男に違いないって考えているんですよ」

「何か、おのぶから聞いておるのか」

「最後にここに来た時、あの子が言ったんですよ。あの人の言う事を聞かないと殺されるんだって……旦那、おのぶを殺した奴を捕まえておくれよ。お願いします」

母親は手を合わせた。

十四郎は、母親に掛ける言葉を探したが、この母にはどんな言葉も慰めにはならぬと思った。

――せめて。

十四郎は母親に、おのぶへの香典だと言い、一分金を手渡した。

外に出て戸を閉めると、逃げるようにして長屋を離れ、おのぶが暮らしていたという茅町に足を向けた。

しもた屋はすぐに見つかった。

幅三間の道の両脇に、瀬戸物屋や古着屋が軒をつらねた表長屋の一軒だった。

だが軒下には『貸しや』の札が掛けられていた。

もう既に引き払ったのかとがっかりして板戸の隙間から中の暗闇を覗いていると、店を終《しま》いかけていた隣の八百屋の女房が寄ってきた。

「何か？」

「うむ、この間までこの家におのぶという女が住んでいた筈だが、相手はどんな男だったのかと思ってな」

女房は、ははーんという顔をした。

「誤解するな。俺はただの知り合いだ」

「お武家さんでしたよ」

女房はそんなことどっちでもいいよというような顔をした。

「武家？……その者の名は」

「さあ……チラッと見ただけだから、でも、大家さんに聞けば分かるんじゃないかしらね。それより旦那、おのぶさん、殺されたっていうじゃないの。かわいそうだよねえ。でもあたしはね、やっぱりって思いましたよ」

「やっぱりって……何か心当たりでもあるのか」

「だってあの晩に、バシバシ、ドンドンって、おのぶさんが叩かれてる音がしてさ」

「どうしておのぶが叩かれていたと分かるんだ」

「だって、いつもの事だもの。それでね、その後二人で出かけていったんだけど、そのまんま。分かります？……そのまま二人とも帰ってこなかったんですよ。他にもね、おかしい事ばっかり」

「他にもあるのか」

「だって、隣に住んでるあたしたちでさえですよ、おのぶさんが殺されたの死んだのってまだ知らないうちに、翌日だったと思うけど、家の中のものみーんな持ってっちゃった人たちがいるんだから」

女房は、いかにも訳ありげに片手で口に戸を立てて、十四郎に内緒話をするような所作をした。

「誰なんだその者たちは」

「どっかの手代か番頭ふうの人が一人と、あとはごろつきみたいな人が二、三人かな。どういう関係なのかなって見てたんですよ。そしたらあんた、こっちに挨拶一つしないで、いつの間にか消えてしまってましたよ」

女房は、最後のところに力を込めた。

「そこでだ……」

翌朝、十四郎は橘屋の奥の仏間で、お登勢と金五を交互に見た。

「大家に話を聞いたところ、おのぶの男の名は知らないということだったが、家の借り主の名は教えてくれた。生糸《きいと》問屋の『丸子屋《まるこ》』だ。店は幸町《さいわいちょう》にある」

それですぐに、幸町の丸子屋に行ってみたが、既に店の大戸はしまっていた。

調べはこれからだと十四郎は言った。

すると金五が、はたと気付いた顔をした。

「丸子屋か……おい、生糸問屋といったな」

「そうだ」

「これは、俺の考え過ぎかもしれぬが、田代藩は近頃殖産事業として手掛けた生糸の生産が著しいと聞いているぞ」

「そうか、田代藩が……」

「十四郎様、その、丸子屋さんは藤七に調べて貰いましょう。それより、おのぶさんと一緒に住んでいた人ですが、もしかして、秋元とかいうお人ではないでしょうね」

「まさかとは思うが、俺もそれを考えた。だが今のところ男は背が高かったというだけで、何もわかっていないのだ……それはそうとお登勢殿、綾乃殿の様子はどうだ」

「ええ、柳庵先生から御墨付きを頂きましたが、国元に帰る決心はまだつかないようです。やはり土屋様やぼっちゃんの事が心配なのではないでしょうか。今日は藤七と富岡《とみがおか》八幡宮《はちまんぐう》に参りました。願掛けをしたいと申されまして」

お登勢はひとまず綾乃の方は落ち着いていると、ほっとした表情を見せた。

と、お民の下駄の音が表にして、お登勢を呼んだ。

「おかみさん、お客様です。綾乃様のご子息です」

「綾乃様の？」

お登勢は十四郎と金五の顔を見て、迎えに立った。

「こちらへどうぞ」

すぐにお登勢に案内されて、土屋新一郎が現れた。年の頃は十三、四、まだ前髪のある、綾乃に似て美麗な少年だった。

だが、その顔は恐ろしいほど緊張していた。

新一郎は、十四郎と金五の前に手をついて、

「土屋新一郎と申します。母がお世話になりましてありがとうございます。実は、一刻を争う事態が起こりまして、母に会わせていただきたく参りました」

父に似ていかにも謹直そうだが、大人びたものいいなどは、きっと綾乃の教育の成果だろう。

「新一郎様、母上様はまもなくお帰りになられますが、お急ぎのようでしたら、今ここで、その一刻を争う事態とやらをお話し下さい。こちらにおられる方々は、みな母上様のお味方ですよ」

お登勢が新一郎を促した。

「では、母上にお伝え下さりませ。父上の大事です。急いでお帰りいただきたいと、私がそう申していたと、お願いします」

「待ちなさい」

膝を起こした新一郎を十四郎が呼び止めた。

「そなたの母上は、父上から離縁を申し渡されているのですぞ。具体的にもっと詳しく話を伝えなかったら、母上は帰ることは叶わぬのではないか。ここにいる者は他言を致さぬ。ゆえに安心して、も少し詳しく述べられよ」

「はい」

新一郎は膝を戻した。そして、まっすぐに十四郎を見て言った。

「実は、父上は、とうとう秋元様と果たし合いをする事になりました。ですから母に、引き止めて頂きたい。でないと父は、きっと死にます。秋元様に殺されます」

言い終えると、新一郎は今にも泣き出しそうな顔をした。

やはりまだ子供である。子供ながら張り詰めてここに来て、力をふり絞って告白し、思わず感情が溢れ出たに違いない。

「よし、そういう事ならまず私が行こう」

十四郎が頷いて立った時、玄関の方で草履を脱ぐ慌ただしい音がして、

「新一郎……」

綾乃が藤七と飛び込んできた。後ろにお民が立っていた。お民は急を察して二人を迎えにいっていたようだ。

綾乃は新一郎から話を聞くと、分かりましたと立ち上がった。

だが廊下に出る手前で、ふとよろめいて後ろにいた十四郎に支えられた。

「綾乃殿」

「すみません。もう大丈夫でござります」

すぐに体を立て直し、綾乃は十四郎と新一郎とで廊下に出た。

藩邸までの道程を、三人は無言で急いだ。

土屋の住まいは、藩邸の下級武士たちが住んでいるお長屋ではなく、小さいが役宅を貰っていた。

恐らく、土屋が担っている特殊な職務の為だろうと察せられた。

三人がその家に玄関から駆け入ると、下女が一人、呆然として座っていた。

「みの」

綾乃は下女の名を呼んだ。

みのと呼ばれた下女は綾乃の声に振り返って驚くが、

「奥様……」

と、わっと泣いて綾乃の腕にすがりついた。

「みの、旦那様はいずれに参ったのです？」

綾乃は部屋を見渡して、土屋の姿のない事を知り、聞いた。

「……先程まで新一郎様のお姿をお探しでしたが、お出かけになられました。その時これを、この書状を渡してほしいと申されまして」

みのは文箱《ふばこ》を差し出した。

綾乃が急いでその箱の蓋をとると、中に新一郎宛てと、十四郎宛ての手紙、それに藩主に宛てた謹言書と、分厚い報告書のような物が入っていた。

「これは……土屋殿はどんなご様子だったのだ」

十四郎は厳しい顔で聞いた。

「はい。今から果たし合いに行く、と申されまして」

「場所は？」

「御竹蔵《おたけぐら》の南側にある馬場ではないかと」

みのの言葉を聞き終わらないうちに、十四郎は藩邸を飛び出した。

後ろから新一郎の足音が追いかけてくるのが聞こえたが、十四郎はそれにはかまわず、着物の裾をからげ、一目散に馬場に走った。

しかし馬場は意外に広く、雑木が茂り、容易に土屋の姿は見つからなかった。

果たし合いをする当人たちにしてみれば、人目につきにくい場所を選ぶだろう。

人目につけば戦いそのものが中断されるという事もある。

だから恐らくこの森の、最も静かな場所を選んでいる筈だ。

十四郎は馬場の中ほどにあった小さな池を思い出した。あそこはまわりが広い草地になっていて、果たし合いをするには格好の場所だ。

十四郎は、定めた場所に足を早めた。

果たして、池のまわりに短い下草の群生している一角に、対峙している武家を見た。

遠目にも、一人は間違いなく土屋であった。とすると、もう一人の背の高い男が秋元という事だろう。

しかし、十四郎が雑木の中を用心深く草地に近付こうとしたその時に、土屋が走った。

相手の秋元も土屋めざして猛然と走る。

——しまった。

十四郎が目を瞠《みは》ると、二人は、二度三度、刀を打ち合って、交差した。

息を殺して様子を見る。

と、激しい動きはそれまでで、やがて土屋は、そのままそこの草むらに、ゆっくりと沈んでいった。

「土屋殿！」

十四郎は叫びながら、池に走った。

秋元は、素早く刀をおさめると平然と背を向けて、十四郎が草地に走り込んだ時にはもう、雑木の奥に消えていた。

「土屋殿、しっかりなされよ」

抱き上げたが、土屋はすでに事切れていた。

「父上……父上」

遅れて走ってきた新一郎が、土屋に縋《すが》って震えていた。

五

白布を被った土屋の前で、十四郎は自分に宛てた書状をあけた。

土屋の枕元には綾乃と新一郎が付き添っており、固唾《かたず》を呑んで十四郎を見詰めている。

役宅の外には夕闇が迫っており、十四郎は先程みのが部屋に入れた燭台の蠟燭の灯を手元によせて、その文面を目で追った。

読み進むにつれ、自分でも顔が強張っていくのが知れた。

このような重大な内容を、外部の、しかも一介の浪人の十四郎に明かさねばならなかった土屋の無念がひしひしと伝わってきた。

目の前にいる妻子に伝えていいものかどうか、十四郎は迷いながら読み、終わると黙って書状を巻き戻して懐に入れた。

「いかがでございましたでしょうか。土屋は何を十四郎様に伝えたかったのでございましょう」

青ざめてはいたが、綾乃の顔には、夫が残した遺志を確認したいという強いものが感じられた。

「いずれお話しする事になると思うが、新一郎殿の書状には何と書いておられたのだ」

「わたくしへの書状には、母上離縁の話は思うところがあって、形の上ではそうせざるを得なかった。正式に離縁した訳ではないので、もし自分に万一の事があれば一緒に暮らすようにと書いてございました……それから、秋元様との果たし合いにつきましては、相手の挑発に乗ってしまった、不覚だったと……で、その切っ掛けとなったものだとしてこれを、書状の中に忍ばせておりました」

　新一郎は、一本の珊瑚《さんご》の簪《かんざし》を出した。

「これは？」

「秋元様がわたくしと密通をした証拠《あかし》として夫に手渡したものだそうです。新一郎を出産致しました時に、土屋が買ってくれたものですが、茶の湯のお稽古の時には時折挿しておりました。でも、ひと月程前に消失していたものでございます」

「そうか、それで土屋殿は決闘を……秋元は、不義密通をでっちあげ、この簪を土屋殿に見せて、果たし合いをせざるを得ない状況に追い込んだのだ、卑怯な奴だ」

「夫は、決闘を約束した後に、秋元様から渡された簪をみのに見せたそうでございます。そこでみのは、前にわたくしがこの簪をなくして家中をみのと探した話をしたそうでございます。すると夫は『そうか……』と申しまして、考えていたようでございますが、でももう既に後のまつりで……」

「塙様、父上は、騙し討ちにあったも同然です。許せませぬ」

「……」

「家名の事もござります。土屋の死を、なんといって届ければよろしいのでしょうか」

「父上は、塙十四郎様の助言を仰げと……でも私は、父の敵《かたき》を討ちとうござります。父の無念を晴らしとうござります」

新一郎は膝に置いた拳を握った。

「まあ待ちなさい、新一郎殿。事はあせらぬ方がよい」

十四郎は、秋元の出方と、藩の考えが出たところで、その後の事は決すればよいと助言した。

「恐らく、先方も、不義密通が原因《もと》の果たし合いだったなどと、届ける訳にはいかぬだろう。先の寛政のご改革で武家の不義密通は厳しく処断される事になっておる。幕府の御定法がそのまま藩に通用するとは思われぬが、しかし無視は出来ぬ。おおかたどの藩も似たような決まりになったと考えてよい。しからば、秋元と土屋殿の果たし合いは、単なる私闘、これとてお裁きは受けるだろうが、お家取り潰しという訳にも参るまい」

くれぐれも短慮は慎むようにと新一郎をなだめ、十四郎は役宅を辞した。

十四郎は田代藩の者ではない。しかも浪人風情である。

そんな輩が土屋の家に長居をしては、検死役にあらぬ疑いを掛けられる。

いずれの藩も同じだが、藩邸内の問題に余人の関与は許されない。邸内は、治外法権なのである。

大名の住む上屋敷は、荘厳で美麗な門と高い塀に守られていて、そこで何が起ころうと、外から知る余地はない。

逆に、邸内に住む者たちはその世界が全てであり、中の話を外に漏らすという事はない。漏らしたところで利になる話などないのである。

田代藩三万石の上屋敷を出た十四郎は、今一度屋敷の長屋門を振り返った。

十四郎の脳裏には、先程、藩邸の裏門まで十四郎を見送って出てきた時の、綾乃の狂おしい表情がまた過った。

綾乃は夫を亡くしたというだけでなく、その原因の発端が自分にあるという責任に、身も心も潰されるほどに苦しんでいる。

とにかくこれで、十四郎は綾乃親子の行く末に、否応なく関わっていく事になるだろう。重い荷物を背負ったと、十四郎は改めてその責任の大きさを考える。

だが、だからといってその責任を回避しようというのではなく、むしろ積極的に関わっていこうとする何かが、十四郎の中にはあった。

それは浪人になった時から腹の底にある何かだが、激しい力で十四郎の胸を突き上げる。強いていえば、血の色をした怒りのようなものだった。

武家屋敷が続く土塀に囲まれた道を抜ければ町人街、暗い道もそこまでだと思っていたら、どうやら既に夜も更けたのか、店は軒並み大戸を閉めて、人の行き来も疎《まば》らであった。

十四郎は、道にこぼれた微かな灯りを頼りにして、まっすぐ長屋の我が家に帰ってきた。

急いで飯櫃《めしびつ》に残っていた冷や飯を湯漬けにしてかき込むと、行灯の灯の下で、もう一度土屋の書状を読み返そうと手に取った。

書状によれば、土屋伝八郎は三月前、藩主阿部《あべ》弾正忠尚《だんじようただなお》から、国元に展開する殖産事業の成果を検分してくるように命じられて出立した。

田代藩は長い間に膨れに膨れた借金を返済するため、養蚕の事業に着手していた。五年前の事である。

それは、藩主の忠尚がまれにみる勉強家で、藩の経済再興に全力で立ち向かおうとした結果であった。

忠尚は自ら、藩の地質や天候などを調べた上で、今まで展開してきた森林産業から、養蚕産業への壮大な計画転換をはかったのである。

それは、国元の家老は勿論、執政や下級の藩士に至るまで、幾つかの新しい組が敷かれ、藩士が率先して養蚕業の経営に携わるという画期的なものだった。

ところが事業が始まって今年で五年になるというのに、養蚕産業から江戸表に上がってくる収益は、予想を遥かに下回っていた。

江戸表の勘定方の報告では、桑《くわ》の育ちが悪いとか、長雨で蚕が大量に死んでしまったとか、忠尚の期待をことごとく裏切って、江戸に累積している赤字の穴埋めにはほど遠い状況だった。

忠尚は、これはどこかに作為的な欠陥があるのではないかと疑った。

そこで忠尚は、土屋がお側衆になったと同じ頃、国元においてもお側衆として置いた久我由之助《くがよしのすけ》に命を下して調べさせていたのだが、久我はまもなく、国元の桑畑で何者かによって殺害されたと報告があった。

土屋の国元入りはそれで決まったという訳で、その任務はどうみても複雑で危険なものを含んでいた。

勿論、この事は内密裏に運ばれている。

ただ、国家老《くにがろう》の原田権太夫《はらだごんだゆう》にだけは、忠尚から一部始終が知らされており、なんらかの不都合が生じた時には、土屋は原田を頼る事になっていた。

果たして、土屋が国元に入ってみると、桑の木は見事な葉をつけており、殖産方の下で働く百姓たちに聞いたところでは、養蚕事業は大成功で、ここ二年のお蚕の積み出しは、金にして毎年三千両は下らないのではないかという事だった。

土屋がそれまでに、江戸の勘定方から聞いていた生産高は、去年が一千八百六十両、その前が一千五百三十両となっていて、国元の証言とは、明らかに数字に大きな隔たりがあった。

そこで土屋は、お蚕の回収から生糸にして販売するまで、誰が関わり、誰が権限を持っていたか調べ上げたところ、国元の出荷にはいささかも間違いはなく、問題は国元を出てからで、品物が金にかわり江戸表の藩庫に入るまでに、なんらかの事故が起きているものと考えた。

まもなく土屋は、田代藩のお蚕を一手に扱う丸子屋と、江戸の勘定方出納掛《すいとうかかり》秋元弦之丞の不正ではないかと考えた。

出荷した荷に手を加えて、その差額を横領していると土屋は確信したのである。

ただ、確たる証拠は手に入っておらず、その調べをする為に、いったん江戸に引き返してきたのであった。

ところが江戸の藩邸に戻ってみると、妻の不義の話を聞かされて、しかもその相手が秋元と知り、愕然とする。

これから……という時に、足を掬《すく》われたと土屋は思った。

とはいえ土屋の頭の中には、不義の話は秋元の陰謀ではないかという疑いが最初からあった。

ただ、話がこれ以上表面化すれば、秋元の不正を訴えても、それは単なる個人の遺恨と取られ兼ねない危険がある。

そこで土屋は、綾乃と離縁した形をとろうとしたのであった。

ところが以後も秋元は、執拗《しつよう》に土屋を刺激して、ついに果たし合いとなったというのが全容であった。

土屋は十四郎に、自分にもしもの事があった時には、頃合をみて新一郎から藩主へ謹言書を提出させてやってほしいと書いてある。

但し、江戸表の勘定方の誰と誰とが、またひょっとして、その上にいる者たちに不正があったかなかったか、それを見極めた上で提出せねば、今度は新一郎の命まで狙われる。

事は慎重に運んでほしいと綴ってあった。

一通り読み終えた十四郎は、ごろりと横になって考えた。

もう今頃は目付によって、土屋と秋元双方の調べは始まっているに違いない。

問題はその結果だが、土屋の死の扱い、家の存続、つまり新一郎への処遇がどのように扱われるのか、それを見極めてから次の打つ手を考えた方がいい。

自分は藩邸の外にいる人間だ。それだけに動きにくいが助言は出来る。土屋は、だからこそ十四郎に秘密をうち明ける気持ちになったのかもしれぬ。藩邸の外にいる十四郎だからこそ、冷静な判断が下せるし、また安心もできると考えたのかもしれぬ。

十四郎の脳裏には、土屋の遺骸を前にして、怒りと失望に胸を痛めている綾乃親子の顔が、また過った。


翌朝十四郎は、陽が上ると同時に長屋を出た。

急いで橘屋に赴くと、仲居や女中たちが、玄関先で宿泊客を見送っていた。

「あら、今日はお早いのですね」

お民が十四郎をからかった。そして「おかみさんはお仏間ですよ」と十四郎が聞かないうちに、お登勢の居所を伝えることも忘れなかった。

「お登勢殿」

十四郎が仏間に入っていくと、お登勢は仏壇の亭主の位牌に手を合わせているところだった。

十四郎の声に振り向いたが、心なしか目が潤んでいるように見えた。

十四郎は一瞬だが、次の言葉を掛けるのをためらった。

するとお登勢は、

「土屋様がお亡くなりになったんですね。今朝早く、みのという女中さんが知らせて下さいました。綾乃様はさぞかし……本当にお気の毒でございます。十四郎様、どうかお力になってあげて下さいませ」

と言った。

ああそうだったのか、お登勢は綾乃の事で泣いていたのか。

十四郎は苦笑した。十四郎はてっきり、亭主を偲《しの》んで泣いているのかと思ったのである。

「お登勢殿、実はその事で参ったのだ」

お登勢は頷いて、すぐにお民に金五を呼びにやった。

「すぐに参られると思いますけど、よろしければ朝のお食事をなさって下さい。

今日は、京茄子の田楽《でんがく》がございますよ。お客様にもお出ししたものですが」

お登勢はいつもの笑顔を見せた。

「京茄子か、いただこう。実をいうと、朝は食してはおらぬ」

十四郎は金五を待つ僅かの間に、三杯も飯を食った。

そして金五を交えた所で、十四郎は昨日からのあらましを二人に話し、今や遺言となってしまった土屋の書状の中身を告げた。

「事によっては、金五、おぬしの力も借りなければならぬ」

「無論だ。俺は、なんとか新一郎に敵《かたき》を討たせてやりたいものだと考えている」

金五も十四郎と考えは一つのようだ。

昨夜から十四郎もその事で頭を痛め、土屋の家の安泰が決まり、その上で秋元を成敗できる方法はないものかと頭を捻った。

分かっているのは、秋元が田代藩士であり、藩邸にいる限りは十四郎には手が出せぬという事だ。

「いずれにしても、丸子屋さんの不正を摑み、おのぶさん殺害に秋元様が嚙んでいる事が分かれば、田代藩も秋元様を庇う事はできないでしょう。そうなれば仕事はやりやすいという事です」

「おかみさんその事ですが……」

いつのまにか藤七が敷居際に座っていた。

「かねてより目をつけておりました丸子屋の手代矢助《やすけ》ですが、櫓下《やぐらした》に女を囲っておりまして、かなりの借金がある事が分かりました。多少の摑み金は要りますが、不正は聞き出せるとみています。どうしましょう」

「分かりました。藤七の思いどおりにやってみて下さい」

「それじゃあ」

藤七は、十四郎たちに頭を下げると、また出かけていった。

「いいのかお登勢、今度の一件は金にはならぬぞ」

「近藤様、お登勢を見くびらないで下さいませ。一度踏み入れた事件をそのまま捨て置く事はできません。第一、橘屋の暖簾が泣きます」

お登勢は、艶然と笑ってみせた。

六

隅田川畔にある料亭『清瀬』に、秋元弦之丞が藩士十数人を案内して入ってから、既に一刻が過ぎている。

尾上町《おのえちょう》にあるこの店は、両国界隈でも一流といわれている店で、客筋も裕福な商人や大藩の上士が大半で、特に初秋の名月期には、連日座敷は塞がっていて、予約をしておかなければ玄関口で断られると聞いている。

そんな店に、秋元ごとき武士が、多勢を連れて豪遊できるなど、こういう世界に疎い十四郎でも、素直に頷ける話ではない。

小路を隔てた小料理屋の二階から、清瀬を張りながら一人手酌で酒を飲み、十四郎はここ半月ばかりの秋元の素行をなぞっていた。

秋元という男は、とにかく酒も好きだが女にまめだ。この町から遠くない相生町には女がいて、その女はうのというが、小体な飲み屋をやらせているし、別のいきつけの店にもこれまた浅からぬ間柄の女がいて、しかも吉原にも通っている。

秋元は、田代藩定府の勘定方出納掛八十俵の侍である。どう考えてみてもそんな金が秋元にある筈はなく、これはおそらく亡くなった土屋が調べた通り、生糸の横流しで得た金が軍資金になっているだろう事は想像がついた。

ならばそのうち丸子屋と接触するのではと張り込んでいるのだが、秋元は意外に用心深く、まだ一度も丸子屋と会ってはいない。

しかし秋元がこうして悠々と暮らしていられるのも、藩主忠尚があの謹言書をまだ見ていないという証拠だが、事態は謹言書どころか予期せぬ方向に回り始めているのであった。

まず、土屋の葬儀が終わってまもなく、十四郎は三ツ屋で綾乃と会った。

その時の綾乃の話では、土屋と秋元の決闘は、十四郎が予測した通り、ただの私闘で決着がついた。

というのも、綾乃親子が目付に届けるまでもなく、秋元は早々に私《わたくし》ごとのつまらぬ行き違いから決闘になり、やむなく土屋を斬ったと届け出ていたのである。

土屋を検死した目付は喧嘩《けんか》両成敗《りょうせいばい》という事になろうから、遺恨は捨てるように新一郎に言い含め、そうすれば家名の存続も叶うし、まもなく新一郎も出仕《しゅっし》できるに違いないから、沙汰があるまで神妙にしているようにと言い、引き揚げた。

土屋の役目が役目だっただけに禄が減らされるのは覚悟の上だが、このまま土屋の死を葬ってよいものかと綾乃は悩み、土屋が十四郎に宛てた書状の内容も気になって訪ねてきたのであった。

そこで十四郎は、確かに無念の気持ちはよく分かるが、いま事を荒立てても土屋の遺恨は晴らされぬ。それよりも、謹言書について藩主以外の誰が提出するように言ってきても、そのような物は残していないと白を切り、けっして渡さぬ事だと注意をした。

この時、十四郎が綾乃に与えた心配は的を射ていた。

それというのも、綾乃はその後、五日前だがまた橘屋にやってきて、十四郎とお登勢にその後の経過を話したのだが……。

「実は、十四郎様とお会いしました翌日に、留守居役《るすい》の佐々木勘兵衛《ささきかんべえ》様から呼び出しがございました」

と言ったのである。

「留守居役が？」

「はい」

綾乃は思い出してもぞっとするという顔をした。

「留守居役の佐々木様は、土屋は国に帰っていたようだったが、土屋から何か預かっているものはないかとお聞きになったのです」

「おかしいな。土屋殿が国元に帰った用向きについては、藩主以外に知っている者は、国元の家老だけだと手紙には書いてあった」

「……わたくしはとにかく十四郎様に助言いただいておりました通り、何もございませんとお答えいたしました。すると佐々木様は納得のいかないような顔をなさいましたが、それならばよろしい……とそう申されまして」

ところが、呼び出しがあった二日後には、土屋家の処分が決まったと知らせが来た。

土屋家は禄高僅か三十俵五人扶持となり、家格も禄も大きく減じられたのであった。

その理由は、大事な任務を帯びていたにもかかわらず、土屋は私闘で命を落とした、不謹慎だったと言い渡された。

当然住居も藩の下役が住むお長屋に移転させられたのである。

ところが一方の秋元はというと、勘定組頭に抜擢され、禄も百五十石取りとなったという。

「喧嘩両成敗にしては、あまりに片手落ち。新一郎も納得いかぬ、脱藩して父の敵を討ちたいなどと申しまして。あの子も年頃でございます。男の子は母親には手の負えぬところがございまして……」

綾乃はどう、新一郎を納得させればよいか、途方に暮れている様子であった。

「綾乃殿、私やお登勢殿がいま調べていることの決着がつくまで、新一郎殿にはけっして短慮はならぬともう一度お伝えなされ。決着がつけば、改めてお話し致すが、土屋殿の死の背景には、お役に絡んだ恐ろしい謀事《はかりごと》があるようだ。土屋殿が死を前にして、一番案じておられたのはそこだ。下手に動けばそなたたち親子に命の保証はない」

「やはりそうでしたか……夫が十四郎様に残した書状には余程の重大な事柄が書かれていたのではと考えておりましたが」

と綾乃は頷いて、土屋が死んでからの自分たちの周辺を考えるとよく分かる。多分にそういう事ではないかと思っていたと言い、お縋りついでに、これをお登勢様に預かって頂けないかと包みを置いた。

「謹言書でございます。実は、お長屋に移った翌日に、わたくしと新一郎が出かけていた留守を狙って何者かが家に入った形跡がございました。この書類を探しに入ったのかもしれないと思いますと恐ろしくなりまして」

「おみのさんはどうしました?……おみのさんもお留守だったのですか?」

お登勢が聞くと、

「みのは土屋の弔いが終わってすぐに暇をとらせました」

と綾乃はいった。

「そういう事でしたら承知致しました。しばらく私どもでお預かり致します」

綾乃はそれで、ほっとして帰っていったが、お登勢は綾乃を送り出して戻ってくると、

「十四郎様、実は藤七の調べで、丸子屋に出入りしている武家のうち、田代藩の留守居の名前が上がっておりました」

と言ったのである。

お登勢は、佐々木という留守居役は、年の頃五十前後の痩せた男で、左足を少しひきずっている、そこまで藤七は調べているのだと言った。

清瀬の向かいの二階から見張っていた十四郎は、おや……とあの時のお登勢の話を思い出して、賑やかに玄関口に出てきた一行に目を止めた。

秋元が、招待した藩士たちに「よろしくお引き回しを」などとうわずった口調で挨拶し、清瀬の仲居の手を借りて、土産物まで手渡して送り出すその後方に、痩せた初老の男が立っていた。

――あれが留守居かもしれぬ。

と注視していると、秋元は皆が去った後、馬鹿丁寧にその痩せた男に頭を下げた。

男はなんの……というように手を挙げて踏み出したが、その男の左足が、歩く度に具合の悪さを見せていた。

――そうか。やはりあれが留守居だ。秋元と同じ穴のむじなだったのだ。これで一つ見えてきた。

十四郎は急いで階下に下りると、秋元の後をつけた。

秋元は、まっすぐ相生町に向かっている。

この分ならひょっとして今夜は相生町の女のところかと思っていると、何を思ったのか秋元はくるりと踵を返して、竪川《たてかわ》にかかる一《ひと》ツ目之橋《めのはし》の袂で町駕籠に乗った。

――やっ、吉原か。

秋元は吉原には、必ず町駕籠を使っている。

十四郎は秋元を追うのを止めた。

引き返そうとして、ふと目の端に町駕籠を見送る人影を見た。影は少年だった。

新一郎だとすぐに分かった。

「新一郎殿」

ふいに呼び止められて、新一郎はぎょっとしてこちらを見た。

「これは、十四郎様」

「何をしておられる」

「……」

「こんな時刻に、このような場所で……母上はご存じなのか」

「いいえ」

新一郎はばつが悪そうに俯いた。

「来なさい。送っていこう」

「十四郎様。私は、父の敵を討ちとうござります」

「母上に聞いておられぬのか。今少し時期を待て……と申しあげた筈だが」

「母は母、私は私でござります」

「どういう意味だ」

「母は秋元を討つ気持ちがおありかどうか」

「なぜそのような事をいう」

「十四郎様、母は本当に秋元とは何もなかったのでしょうか」

「馬鹿」

怒鳴ると同時に、十四郎の平手が新一郎の頰に飛んだ。

あっと頰を押さえた新一郎は、均衡を失って尻餅をついた。

新一郎の、すくい上げるように見上げた目が、十四郎を刺した。

「痛かったか。すまぬ」

十四郎は尻餅をついたままの新一郎の側に腰を折った。

「母上には何もなかった。それは俺が保証する」

「だったら何故、母上は死のうとなさったのでしょうか。子供の私だけが合点がいかず、かといって父上にも聞けず、私は私で苦しんでおりました」

新一郎は、左手で頰を押さえたまま、叫ぶように言った。

「母上は、土屋の家のために死のうとなされた。自分の潔白を証明する為に死のうとなされたのだ」

「……………」

「新一郎殿が一番母上の事をご存じではないのか。その新一郎殿の目から見て、母上を信じられない何かがあったと申されるのか?」

「私は、母を信じたい……」

「新一郎殿、母上は橋屋で目覚められた折、こう申された。命は惜しくはありませんが、ただ一つ、息子の新一郎にだけは信じてほしいと……」

「……」

「ついでに申しておくが、そなたの父上も母上を疑っていたのではないぞ。その証拠に父上は、綾乃殿への言伝と申されて『新一郎のために生きてくれと綾乃に伝えていただきたい……』私に最後にそう申されたのだ。そなたは、父に愛され、母に愛され……その事をなんと心得る。特に、母御にとって息子は命だという事が分からぬのか」

「命？」

「そうだ、命だ」

「十四郎様」

と見詰めた新一郎の目から険しさがとれ、みるみる涙が膨れ上がった。

「さあ……」

十四郎は新一郎の手をとって立たせると、袴についた泥を払った。

新一郎は三つ子のように二の腕で目を押さえて泣いた。

「送っていこう。母上が心配しておられる」

新一郎はこくりと頷き、十四郎に従った。

「それはそうと、新一郎殿は剣のお稽古はしておられたのか」

「はい。一応は」

「ほう、何流でござる」

「無敵《むてき》流です、神田の野村万之助《のむらまんのすけ》先生の道場にかよっておりました。でも、父に似て私も……」

「苦手なのか」

「はい……」

そんな腕で秋元をつけて、返り討ちにでもあったら、何もかもご破算になるではないか。

命を失えば元も子もない。そんな計算も出来ずにこの子は怒りばかりを増幅させていたのかと、肩を落として歩く新一郎の横顔を見た。

十四郎はあの馬場の池のほとりで、秋元と土屋の立ち合いをこの目で見ている。あの時、土屋は端《はな》から勝ちなど望めぬと知っていて、捨て身で秋元に挑んでいった。

結局土屋は、一度剣を交えただけで、再び踏み出す機会もなく殺された。しかも即死の状態だった。

余程用心してかからねば、十四郎でさえ秋元ほどの剣を躱す事は至難である。

「新一郎殿」

十四郎は足を止めた。

新一郎も足を止めて十四郎と向き合った。

「父の敵を討ちたかったら、まず剣を磨け」

「でも、もう間に合いません」

「そんな事はないぞ。剣は心だ。技も大切だが、相手を倒す一心不乱の心がなければ、いくら技を磨いても無駄だ」

「技もなく勝てると申されるのですか」

新一郎の目が輝いた。

「むろん、残された時間の中で、そなたが剣の心をどれだけ会得《えとく》出来るかにかかっているが、今からでも遅くない。明日から橘屋に参られよ。俺が手解《てほど》きをして遣わす」

「はい」

「そのかわり音《ね》を上げるな。俺は容赦はせぬぞ」

「よろしくお願い致します」

新一郎はしっかりと頷いてみせた。

決心を改めて確認するように、新一郎は黙々と歩く。

町屋の賑やかな明かりも、夜の町を徒党を組んで遊び歩く旗本の馬鹿息子たちの姿も、今や新一郎の眼中にはない。

新一郎は前を見据えて歩いていく。

その姿を、武家地に入って白い月明かりの中に改めて垣間見た時、十四郎は愛しくなって、思わず新一郎の肩を抱き寄せていた。

あっと身を固くして恥ずかしそうに俯いた新一郎のその肩が、まだ未成熟でか弱く、すぐにも潰れてしまいそうな感じがした。

七

だが、翌日橘屋に現れた新一郎の表情は一変していた。

風呂敷包み一つを持って、お登勢の前に手をついた新一郎は、しばらく修行のための逗留《とうりゅう》をお願いしたい、などとひとかどの剣士のような挨拶をした。

「まああご立派でございますこと。どうぞ悔いのないようにお励み下さいませ」

お登勢は顔をほころばせて歓待した。

十四郎は早速風呂炊き場に積んであった薪《たきぎ》の束を、松の木の幹に固定して、

「今からそなたは、相手の心《しん》の臓《ぞう》を一突きにする、その事のみを頭に置くのだ。どんな状況下におかれても、捨て身で、相手の懐に飛び込んで、突く。他の事は考えるな。技などいらぬ」

「はい」

「では、一度、突いてみなさい」

新一郎は、十四郎から渡された木剣を握ると、奇声を上げて、薪の束に突っ込んだ。

だが次の瞬間、手に強い衝撃を受けて木剣を落とし、手首を激しく振っていた。

「それでいいのだ。よいか、俺がいいと言うまで突いて突いて、突きまくれ」

十四郎はそう言うと、背を向けた。

「お一人でお稽古なんて、大丈夫でございますか」

庭から聞こえてくる悲壮な声に、お登勢がおろおろと聞いた。

「あれでいい。間違っても同情などして助けは出すな」

十四郎はお登勢に念を押して、藤七と二人、慶光寺の門をくぐった。

今朝早く、新一郎が橋屋に現れてすぐに、金五から呼び出しを受けていた。

「実見したものがいる？……本当か」

十四郎は驚いて金五を見た。開口一番、金五がおのぶ殺しを見ていた者がいたと言ったからである。

金五は寺務所の板間で足の爪を切る手を止めて、十四郎と藤七を交互に見ながら、北町奉行所の松波の配下のもとに、回向院の裏の地蔵堂に住み着いているという男が、おのぶ殺しを見たと届けてきたのだと言った。

男は職を失った日雇人で、殺しを見たと奉行所に届ければなにがしかの金を貰えると思ってやってきたらしく、はじめ松波は疑って相手にしなかったという。

だがもしやと思い、田代藩邸前に配下と一緒に張り付かせ首実検をさせたところ、秋元を指した。

「間違いないぞ。秋元弦之丞はおのぶを殺している。おのぶは秋元に土屋を陥れるための道具に使われたのだ。おのぶは利用されて、その役目が終わったところで殺されたのだ」

金五はさも自分が調べてきたような口をきいた。

恐らく、金五の推測は外れていないだろうと、十四郎も考えた。

あとは丸子屋との関係だが……と金五が藤七を見た。

「その事ですが、近藤様、先程十四郎様とおかみさんには報告致しましたが、先夜、丸子屋の手代矢助から、不正の実態を聞き取りました」

「まことか」

「はい。田代藩から出荷された品の一部を抜き取って、いったん大坂の支店に寝かせ、頃合を見て御府内に運び、捌いているようでございます」

「なんという奴らだ。で、次の荷物はいつ府内に入る？」

「矢助の言う事に間違いがなければ三日後の夕刻、高輪《たかなわ》の洲浜《すはま》の海岸に荷揚げされ、そこからは荷車で丸子屋に運び込むのだそうでございます。その時、秋元は護衛に出るようでございますので」

「よし。丸子屋の捕縛は松波殿に譲るとして、十四郎、秋元はどうする？」

金五は、興奮して十四郎に聞いた。

「俺に考えがある。任せてくれぬか」

じっと見た。

「分かった。駄目だと言ってもおぬしの事だ。聞き入れまい」

金五は苦笑して、頷いた。

――いよいよだ。

十四郎は橘屋に戻ると、お登勢を呼んだ。

お登勢は丁度抱え切れぬぐらいのすすきを抱えて、お民と外から帰ってきたところであった。

「すみません。二十六夜待《にじゅうろくやまち》のお月見の用意で出かけておりました」

「お登勢殿、俺はこれから田代藩に参る」

「田代藩に？」

さっとお登勢の顔が緊張した。

「すまぬが新一郎の事をよろしく頼む」

「承知しました。十四郎様、一つだけお約束して下さいませ。ご用が終わりましたら、こちらにお戻り下さいますね」

言ったお登勢の眼差しが、じっと十四郎を捉えている。

お登勢は勘の鋭い女である。十四郎のなみなみならぬ決心を読み取っていた。

「無論だ。必ずこちらに帰ってまいる」

「信じてよろしいのでございますね」

お登勢はもう一度念を押した。そうして、ちょっとお待ち下さいと奥に入って紫紺の袱紗を持って出て来て、

「ご門前でこれを……。お役に立つと存じます」

十四郎の手に置いた。袱紗は私のおまじないだとお登勢は言った。

だがこの袱紗、田代藩の門番に、家老の藤堂内蔵助《とうどうくらのすけ》に面会を申し入れた時、おもわぬ力を発揮した。

いったんは面談を断られた十四郎が、袱紗を差し出し、再度面会を申し入れた時、今度は難なく承諾されて、しかも藩邸内の家老の役宅に案内された。

「こちらでしばらくお待ち下さりませ」

若い家士が、こぢんまりとした築山の庭がのぞめる八畳ほどの書院に案内してくれた。

十四郎が大小の刀を手渡すと、今度は茶が運ばれ、まもなく廊下に人の足音がした。

「ご家老、藤堂内蔵助様でござります」

蹲った家士の前を、ゆったりとした足取りで、初老の武家が入ってきた。

内蔵助は十四郎の前に座ると、すぐに廊下に控えている家士を遠ざけた。

内蔵助は七十にも手が届きそうな老人だったが、白い眉毛が仙人のように伸びていて、一見温和な雰囲気を醸し出してはいるものの、黒々と光る目の奥に、江戸表で藩を束ねる家老としての威厳があった。

「拙者は、塙十四郎と申します」

十四郎が、突然訪ねてきて面会を許してくれたことや、一介の浪人の申し出を快く聞き入れてくれたことの礼を述べると、内蔵助は苦笑して頷いた。だが、ふっと険しい顔になり、

「十四郎とやら、要件を申せ。他の者でなく、わしに用があるのだと聞いた。よほどの用向きと存ずるが……」

じっと見つめた。

「恐れ入りまする。実は」

十四郎は内蔵助に、土屋が残した謹言書について、秋元との死闘について、おのぶという女の死について、そして丸子屋の姦計《かんけい》など、知り得る全ての事を告げた。

ただこの時十四郎は、留守居の佐々木が悪の頭領だと断じていたが、万が一、

この家老も悪の一味かもしれぬという不安はあった。

危険は十分に承知の上だが、十四郎は今日、ひとつの賭けに出たのである。

もし家老も一連の姦計に参画しているのであれば、いかに十四郎の剣の腕が優れていても、この田代藩邸から無事に出られるという保証はない。

いや、十四郎だけでなく、それは綾乃や新一郎の身の上にも降りかかる問題だった。

だが、事は急を要していた。

はたして内蔵助は、じっと十四郎の話に耳を傾けていたが、話が終わると、

「その、謹言書だが、今そこもとが持参しておるのか」

と長い眉の奥から、居抜くような目で聞いた。

「いえ、本日は持参致してはおりませぬ。ただ、それがしの願いをお聞き届けいただければ、必ず後日、土屋殿の遺子新一郎殿が、殿のお手許に直々にお渡し致したく……これは、土屋殿の遺言でございました故《ゆえ》」

「承知した。そこもとの願いを申されよ。実を言うと、土屋の件については殿から相談を受けておったのだ」

と内蔵助は安堵の表情を見せた。

八

「おい十四郎、このような夜に、本当に荷揚げをするのか」

高輪の浅瀬に浮かぶ月見の船を眺めていた金五が言った。

藤七が丸子屋の手代矢助から聞いた抜け荷の期日が、丁度七月二十六日であったため、宵の口から府内は高輪だけでなく、隅田川にも深川洲崎《すさき》にも、その他川や堀にも月見客の船が出て、管弦に酔い、飲食に贅《ぜい》をつくして、人々は夜半に見える二十六夜の月の出を待っていた。

そんな状況下でどうして抜け荷などできようかと、金五は不安を漏らしたのであった。

金五自身は抜け荷については関知できない立場だが、秋元弦之丞についてはそうともいえない。

秋元は回向院でおのぶを殺した者であり、土屋新一郎の敵《かたき》でもある。是非にも加勢をという訳で加わった。

ただ、十四郎たちが張り込んでいる洲浜の海は、人の出も少なく、しかも月の出るまでにはまだ刻限も早く、船の灯火の及ばぬところはまったくの闇であった。

「いや、かえってこの日を狙っていたのかもしれぬ。船が行き来していても今夜限りは誰も咎めぬ」

十四郎は、闇の中で待機している北町奉行所与力松波とその配下の捕り方たちに目をやった。

与力松波とは事前に協議ができており、丸子屋は松波たちが、秋元については十四郎たちに任されていた。

てんでに、それぞれの目的で対処しようというのであった。

――待つしかあるまい……きっと来る。

そうでなくては、掌に血豆をつくり、足の爪が剝がれる程に習練した新一郎の剣の出る幕はない。

「己を庇うな。ひたすら突け。心の臓を突け」

わずか数日だったが、凄まじい練習を十四郎は新一郎に課してきた。

あまりの厳しさに途中で木剣をほうり出すのではないかと思ったが、新一郎は決して弱音を吐かなかった。

一度は高熱を出し、お登勢は気を揉み、十四郎に苦言を呈する場面もあるにはあったが、新一郎はそれでも十四郎に食らいついてきた。

最後には、あの馬場の池のほとりで事切れていた父の姿を震えながら見ていた新一郎とは、まるで別人のようになっていた。

その新一郎と共に綾乃も、この闇の砂浜に白装束で控えている。

「十四郎」

金五が十四郎の袖を引いた。

すると、黒い海辺をすべって来る船が見えた。

船の数は三隻……ところがその船が、突然月見の賑やかな提灯を点《とも》した時、金五が溜め息をついた。

「違う。あれは月見の船だ」

「いや、あの灯はめくらましだ」

十四郎がそう呟いた時、岸の方の闇から藤七が駆けてきた。

「十四郎様、来ました」

藤七が指す岸の方に、荷車数台を引いた一行が黙々と現れた。

一行は荷車を砂浜際まで引き寄せると、沖に向かって提灯を振った。

すると、船が次々に砂浜に乗り上げた。

船から数人の男たちが降りると同時に、砂浜まで出迎えに出た多数の人足が船の荷に群がった。

人足を指図している男がいた。それが恐らく丸子屋の店の者に違いない。

それと……と目を凝らすと、用心深く一団を警護する浪人が、提灯の明かりの端に数人見えた。

その中に腕を組んでいる男がいた。それがどうやら秋元のようだった。

その時であった。どこかで砂を踏む音がした。

きらっと秋元が、そちらを向いた。

と、幾つもの龕灯《がんどう》の灯が、蠢《うごめ》く一味に一斉に降り注いだ。

「捕らえろ！」

火事羽織、野袴《のばかま》、陣笠を着けた与力松波の声が飛んだ。

「ご用だ……ご用だ！」

梯子、突棒《つくぼう》、刺股《さすまた》を手に、一斉に捕り方たちが一味を囲んだ。

入り交じり、乱れ混じった捕り方と人足たちの揉み合いを逃れ、秋元が浪人たちとこちらに向かって走ってきた。

――今だ。

十四郎と金五が飛び出した。

「待て、秋元弦之丞」

「誰だ」

「塙十四郎という。土屋の友だ」

「何……」

「おぬしは、己の不正が発覚するのを恐れ、土屋を陥れて斬った」

「馬鹿な。土屋の件は既にお裁きは下りておる」

「ところがそうはいかぬようだぞ」

「何」

「新一郎！」

十四郎の声と同時に、後ろの闇から砂を蹴る音がして、新一郎、続いて綾乃が走って来た。

「秋元弦之丞、父の敵、勝負！」

新一郎が刀を抜いた。

「新一郎、遺恨は許されぬ。そう目付から聞いた筈だが、これでお前も破滅だぞ。それでもよいのか」

秋元の黒い影がせせら笑った。

「秋元、新一郎にはご家老藤堂様のはからいによって、今般『仇討免状』が下りておる。ついでに申すが、今頃は留守居佐々木勘兵衛も藩邸内にて捕らえられて詮議を受けている筈だ」

十四郎が言い放つ。

「何と……問答無用、斬れ、斬って捨てろ！」

秋元が叫ぶと同時に、浪人たちが四方から風のように襲ってきた。

十四郎は、咄嗟に新一郎と綾乃を庇って、右に左にその太刀を撥ね上げた。

「金五、二人を頼む」

「任しておけ」

金五は叫ぶと、二人を後ろの闇に押し込んだ。

「こしゃくな。こやつらから斬り捨てろ！」

秋元は、剣の先で十四郎と金五を差した。

敵の浪人は秋元を入れて四人……と見た闇の中、かすかに捕り方たちの龕灯の灯が流れてきて、秋元と浪人を映し出した。

しかし別の刺客が、まだ闇の中にいないとも限らない。

十四郎は耳をすました。

敵の動きは、砂を踏む音を頼るしかない薄闇である。

突然、右手から砂を蹴る足音が猛然と近付いてきた。

気づいた時には、既に目の前に黒い影がかぶさるように襲って来た。

浜風を斬る鋭い剣の音がした。十四郎は慌ててその一撃を躱して後、体勢を整えた。

すると今度は左前面から敵が来た。十四郎は、今度は迎え撃って、交差する寸前に、飛び掛かって来た相手を斬り裂いた。

どさっという音がした。

一人……と数えたその時に、先程の男が再び走ってきた。

男は上段に構えたまま走りより、十四郎に降り下ろした。刹那、腰を据えて下から斬り上げた十四郎の剣が一瞬早く、飛び上がった男の足を、十四郎の刃が薙いだ。

男は砂の中に、刀を摑んだまま落ちた。身構えて目を凝らすと、砂の上を這って逃げようとする男の背中が見えた。

十四郎は歩み寄って、亀のようにもがく醜い男の背に、剣を垂直に突き立てた。

ぎゃっという短い声を発した後、その男は静止した。

これで二人だ……と金五の方を見ると、金五も男を一人倒した所であった。

三人終わった……あとは秋元だけか。

暗闇に目を這わせたその時に、龕灯の光が秋元を射した。

捕物の終わった捕り方の灯の一つが、こちらの戦いに向けられたのだ。

その灯の輪の中に、秋元の不敵な笑いがはっきりと見えた。

「俺は、簡単には斬られはせぬぞ」

秋元は低い声でそう言うと、八双に構えて、ぴたりと砂地に足を止めた。

「貴様は斬る。生かしてはおけぬ」

十四郎も正眼に構えて立った。だが、背の高い秋元の体が、次第に半分ほどに縮んで見えた。寸分の隙もなく、秋元の体は剣の背後に隠れていく。

——なるほど、これでは土屋は勝てぬ筈だ。

そう思った時、突然、凄まじい剣が胴に来た。

十四郎はすんでの所で躱したが、気付くと右袖を斬られていた。

鋭い剣だ。

十四郎は一歩二歩、後ろに下がった。

誘い込んで、撃ち込んで来た秋元が体を起こしたその隙に、腹を狙って斬るつもりである。

「ふふん……」

秋元が笑った。

そして案の定、次の瞬間、撃ち込んできた。

十四郎は、僅かに体《たい》を開いてその剣をやりすごし、すぐさま、秋元が伸ばした胴を真横に斬った。

振り抜いた刀の芯に手応えがあった。

体を起こして秋元を見た。

秋元は、体勢を崩しながらも、懸命に踏ん張っていた。再び十四郎に向き直って剣を上段に構えるが、体が左右に揺れている。

「新一郎！」

十四郎が叫ぶと同時に、新一郎が秋元目掛けて飛び込んだ。

「ヤー！」

秋元の刀が振り下ろされるその前に、新一郎の剣は、秋元の心の臓を貫いていた。

横合いから綾乃が懐刀を両手に掴み、秋元の脇腹を刺した。

ぽろり……と秋元は刀を落とし、枯れ木が倒れるように落ちた。

「見事だ。新一郎」

「十四郎様」

肩で息をつきながら、新一郎が膝をついた。見開いた目に、恐怖と緊張が窺えた。

「ありがとうございました。無事本懐を遂げました」

綾乃もまた興奮さめやらぬ顔で、十四郎と金五の前に手をついた。

「十四郎……」

見返した金五の声が潤んでいた。


「月だ。二十六夜待の月が出たぞ」

真夜中の九ツ刻から四半刻《しはんとき》（三十分）も過ぎた頃、隅田川に浮かべた三ツ屋の舟から喚声が上がった。

お登勢は、窓際の文机《ふづくえ》に飾ったすすきと供物《くもつ》の前で手を合わせ、月見の酒を傾けている十四郎と金五に笑顔を向けた。

名月の中でもこの二十六夜待の月は、阿弥陀《あみだ》、観音《かんのん》、勢至《せいし》の弥陀三尊の出現といわれ、その月の出を拝むと幸せになれるとされていた。人々は、この夜ばかりは寝ずの番をして、月の出を待つのであった。

「お登勢は何を願ったのだ」

からかうように金五が聞いた。

「勿論、綾乃様と新一郎さんの、お幸せですよ」

「俺の幸せは祈ってはくれぬのか」

「近藤様は、十分にお幸せでございましょ」

「またそういう……」

金五は十四郎を見て苦笑した。

「それはそうと十四郎様、ご家老の藤堂様とは、どのような密約をなさったのですか」

お登勢は、もう教えて下さってもよろしいでしょうと顔を向けた。

「おお、そうだった。他でもない、土屋の家の事だ。新一郎が元服《げんぷく》した暁には、しかるべき家格と禄を与えてほしいと、まあ欲張りを頼んだのだ。近々新一郎は、家老の特別のはからいをもって、藩主の忠尚公と対面出来る手筈となっておる」

「よかった……今になってでございますが、ほんとうにひやりと致しました。十四郎様が帰れないような事になったら、どうしようかと案じておりました」

「そうだ、俺も思い出した。お登勢殿、あの紫紺の袱紗はどういういわれのある物か教えてくれぬか」

「あら、お気付きになりませんでしたか」

　お登勢はちらりと金五に目を遣った後、

「あの袱紗は、かのお方が、昔方々を招かれてお茶会をなさった時に配られた袱紗です。特別に染め上げた物でございまして、よくよく御覧になれば、布地の肌にそのお方のお印がついてあった筈でございますが……」

　あっと十四郎はお登勢を見た。

　――袱紗には、あの楽翁の。

　お登勢はそうだと頷いた。

「おい、そこのお二人さん、あのお方とか、そのお方とか言わないで、俺にも分かるような話をしろ。そうか、分かったぞ。万寿院様の事か？……そうならそうと早く言え」

「どうも、申し訳ありませんでした」

お登勢はそう言うと、白く細い手を口に当てて、くすりと笑った。

あとがき

時代は変われど——共に白髪の生えるまで——と誓った夫婦の間にも、隙間風は吹き、離縁を考えることはある。

それは二人の間に起きた些細な事が積み重なって起こることもあれば、何か大きな、別の不都合な力が加わって起こることもある。

実は私も離縁の経験者で、書下ろし時代小説の第一作を離縁の話にしようと考えたのは、自分のこととして向き合えるのじゃないかと考えたからだ。私の場合は姑との折り合いが悪かったのが原因だった。

——どんなに努力しても、これでは報われない。このまま年を経て振り返った時、私は幸せだったと思えるのだろうか……。

そんな気持ちが膨らんで、息子が大学を卒業したら家を出よう、何時《いつ》の頃からか考えていたように思う。

今にして言えることは、私も若く思慮《しりよ》も浅かった。姑の言動にそのまま反応して怒りを胸に溜め込むばかりで、一拍おいてやりすごす、そういう心のゆとりも無くなっていたように思う。

家を出る時、私は息子のアルバムから、七五三の写真や二十歳を過ぎてスキー場で撮った写真など数枚を抜き取って自分のバッグに入れた。

長い間考えて決心したことなのに、涙がとめどなく流れて、改めて親と子の絆を思い知ったのだった。

いっとき息子とは遠くなったが、その息子がある日訪ねてきてくれた時の喜びは、未だに忘れたことはない。

私事の話になったが話を戻すと、夫婦の仲が壊れる原因は、今も昔も百組の夫婦がいれば、そこには百通りの理由がある筈だと思ったのだ。

決して後ろ向きの、暗い話にしようと思ってのことではない。離縁話を通して、人と人との繋がりを、その大切さを考える前向きな小説に仕上げようと考えた。

話を引っ張るのは、塙十四郎というとびっきりのいい男と、お登勢というとびっきりのいい女。しかも離縁を持ち込む男と女には、自分の気持ちを存分にぶちまけてもらうことにした。

そうすることで女性読者の方には「そやそや、まったくその通りや」と相槌《あいづち》を打ってもらったり「どこの亭主も似たようなところがあるんやな」と思ってもらったり。男性の読者の方には「なんや、女はそんな事を考えてるのか、うちの女房と同じことを言うてるな」と納得してもらったり。長い間胸の中にもやもやしたものがあった読者の方には、いっときそんな思いを吹き飛ばしてもらえたらいいなと思ったのだ。

だから離縁の話を書くといっても、けっして離縁を勧める話にはしていないつもりだ。出来れば元の鞘《さや》におさまってほしいと願いながら書いている。一話一話を支えるのは、夫婦の絆、親子の絆、兄弟の絆、そして友人との絆、人と人との絆である。

小説家として私が熱い思いで送り出したデビュー作、それがこの「隅田川御用帳」で愛着もひとしおある。

このたび事情があって出版社が変わりましたが、それを機会に第一巻から連続刊行していただけることになりました。

全部の巻をもう一度見直して、まだ出版していなかった最終巻発刊まで、毎月皆様にお届けできることを大変嬉しく思っています。

二〇〇二年十二月　廣済堂文庫刊

光文社文庫

長編時代小説
雁《かり》の宿《やど》　隅田川御用帳《すみだがわごようちょう》(一)
著者　藤《ふじ》原《わら》緋《ひ》沙《さ》子《こ》

2016年6月20日　初版1刷発行
2017年6月5日　3刷発行

発行者　鈴木広和
印刷　堀内印刷
製本　ナショナル製本

発行所　株式会社　光文社
〒112-8011　東京都文京区音羽1-16-6
電話（03）5395-8149　編集部
8116　書籍販売部
8125　業務部

ISBN978-4-334-77312-0　Printed in Japan

組版　萩原印刷